U0500789

浮|世|雅|集
Selected Essays

韩　愈　欧阳修　等　著

吴嘉格　编译

流年急景，守一份深情

北京联合出版公司
Beijing United Publishing Co.,Ltd

目录

目录

一寸丹心图报国，两行清泪为思亲。

——于谦

家・国

蹇叔哭师

《左传》

1

公元前628年，一代霸主晋文公去世。秦穆公见文公已死，打算偷袭晋国东面的郑国。蹇叔认为军队长途跋涉不会有好的结果，容易遭到晋国的伏击，因此极力反对。秦穆公不听劝阻，结果中途遭到晋军伏击，几乎全军覆没。此文写的是蹇叔在秦军出师前的劝谏辞令，以及无力阻止后『哭师』的情形。

杞子自郑使告于秦曰①："郑人使我掌其北门之管，若潜师以来②，国可得也。"穆公访诸蹇叔③。蹇叔曰："劳师以袭远，非所闻也。师劳力竭，远主备之，无乃不可乎？师之所为，郑必知之。勤而无所，必有悖心④。且行千里，其谁不知？"公辞焉。召孟明、西乞、白乙⑤，使出师于东门之外。蹇叔哭之，曰："孟子，吾见师之出而不见其入也！"公使谓之曰："尔何知？中寿⑥，尔墓之木拱矣！"

注释 ①杞子：秦国将领。②潜：偷偷地。③蹇（jiǎn）叔：秦国大夫。④悖心：反叛之心。⑤孟明、西乞、白乙：三人都是秦国的将领。⑥中寿：中等的寿数（一说"满寿"）。

蹇叔之子与师，哭而送之，曰："晋人御师必于殽⑦。殽有二陵焉：其南陵，夏后皋之墓也⑧；其北陵，文王之所辟风雨也。必死是间，余收尔骨焉。"秦师遂东。

注释 — ⑦殽（xiáo）：通"崤"，山名，在今河南洛宁县北。⑧夏后皋：夏代天子，名皋。

译文——杞子从郑国派人通知秦国:"郑国人让我掌管他们国都北门的钥匙,如果秦国偷偷派兵前来,郑国唾手可得。"秦穆公征求蹇叔的意见。蹇叔说:"让军队疲惫不堪地去偷袭远方的国家,我从没有听说过这样的事。军队劳累,精疲力竭,加上远方国家的君主也会有所防备,这样做应该不合适吧?我们军队的一举一动,郑国必定会知道。军队辛苦奔波而一无所获,一定会产生叛乱的念头。再说行军千里这么大的动静,谁会不知道?"秦穆公没有听从他的意见,召见了孟明、西乞和白乙,让他们从东门外出兵伐郑。蹇叔送他们的时候哭着说:"孟明啊,我能看着大军出发,却没机会看着他们回来了!"秦穆公派人对蹇叔说:"你懂什么?你活到中等的寿数就死了的话,现在你坟上的树该长到两手合抱粗了!"

蹇叔的儿子随军一起出征,蹇叔哭着送儿子,说:"晋国人一定会在崤山抗击我军。崤有两座山头:南面的山头是夏后皋的坟墓,北面的山头是周文王避风雨的地方。你们一定会战死在这两座山头之间,我就在那里为你收尸吧!"随后,秦国军队便向东进发了。

2

赵威后问齐使

《战国策》

齐国使者到赵国向赵威后问安。赵威后向使者询问齐国的收成、齐国名士的情况，最后才提及齐王。体现了赵威后先民后君的民本思想。

齐王使使者问赵威后①，书未发②，威后问使者曰："岁亦无恙耶③？民亦无恙耶？王亦无恙耶？"使者不说，曰："臣奉使使威后，今不问王，而先问岁与民，岂先贱而后尊贵者乎？"威后曰："不然④。苟无岁，何以有民？苟无民，何以有君？故有问，舍本而问末者耶？"

乃进而问之曰："齐有处士曰钟离子⑤，无恙耶？是其为人也，有粮者亦食，无粮者亦食；有衣者亦衣，无衣者亦衣。是助王养其民者也，何以至今不业也？

注释 — ①齐王：此处指齐襄王之子。赵威后：赵孝成王之母。②发：启封，开封。③岁：年成，收成。④不然：不是这样的。⑤处士：指有道德才能的隐者。

叶阳子无恙乎⑥？是其为人，哀鳏寡，恤孤独，振困穷，补不足。是助王息其民者也⑦，何以至今不业也？北宫之女婴儿子无恙耶⑧？撤其环瑱⑨，至老不嫁，以养父母。是皆率民而出于孝情者也，胡为至今不朝也⑩？此二士弗业，一女不朝，何以王齐国，子万民乎？於陵子仲尚存乎⑪？是其为人也，上不臣于王，下不治其家，中不索交诸侯。此率民而出于无用者，何为至今不杀乎？"

注释— ⑥叶阳子：齐国隐士。⑦息：滋息。⑧婴儿子：齐国有名的孝女。⑨环瑱（tiàn）：女子的装饰品。⑩不朝：古时女子得到封号才能上朝，这里指不加封号。⑪於（wū）陵：齐邑名，在今山东邹平。子仲：齐国隐士。

译文 — 齐王派遣使者去看望赵威后，书信还没启封，赵威后就问齐使说："齐国今年的收成还好吧？百姓还好吗？齐王还好吗？"使者很不高兴，说："我奉大王之命前来看望您，您现在不问问我们大王的状况，而是先打听年成和百姓的情况，这不是把低贱者放在前头，而把尊贵者放在后边吗？"赵威后说："不是这样的。要是没有年成，哪儿来的百姓？要是没有百姓，哪儿来的君王？岂有舍本而问末的道理？"

她于是接着问道："齐国有名隐士叫钟离子，还好吗？这个的人为人，主张让有粮食的人吃得上饭，没粮食的人也吃得上饭；有衣服的人能穿上衣服，没衣服的人也得有衣服穿，这是帮助齐王抚养百姓的人，齐王为何至今都没重用他？叶阳子还好吗？这个人的为人，怜恤那些鳏夫寡妇，抚恤那些无父的幼儿和无子的老人，赈济那些困苦和贫穷的人，补助那些物资短缺的人。这是帮助齐王滋息百姓的人，齐王为何至今都没有重用他？北宫氏的女儿婴儿子还好吗？她将自己的首饰摘下来，一直到年纪很老都未嫁，只为了好好侍奉父母。这是引导百姓尽孝心的人，为何至今还没有得到齐王的召见呢？这两位隐士不受重用，一位孝女得不到接见，齐王如何能治理齐国、安抚百姓呢？於陵子仲还活着吗？这个人的为人，对上不向君王行臣道，对下不治理自己的家业，对中间不谋求和诸侯交往，这是一个引导百姓朝无所事事的方向走的人，为何至今都没有把他杀掉呢？"

3

吴许越成

公元前494年，吴王夫差在夫椒打败越国，越王勾践遣使求和，夫差准备答应越国的请求。吴国名臣伍子胥援古证今，深刻分析了当前局势，主张就势灭越，以绝后患。吴王夫差刚愎自用，不纳忠言，伍子胥痛心地预言日后吴国将为越国所灭亡。

吴王夫差败越于夫椒，报槜李也①。遂入越。越子以甲楯五千保于会稽，使大夫种因吴太宰嚭以行成②。

吴子将许之。伍员曰："不可。臣闻之：'树德莫如滋，去疾莫如尽。'昔有过浇杀斟灌以伐斟鄩③，灭夏后相④。后缗方娠⑤，逃出自窦，归于有仍，生少康焉，为仍牧正，惄浇能戒之⑥。浇使椒求之⑦，逃奔有虞，为之庖正⑧，以除其害。虞思于是妻之以二姚⑨，而邑

注释 — ①槜（zuì）李：地名，在今浙江嘉兴西南。②嚭（pǐ）：吴国夫差宠臣。行成：议和。③过：古国名。浇：过国国君。斟灌、斟鄩（xún）：均为夏同姓诸侯。④相：夏朝君主，夏禹的曾孙。⑤后缗（mín）：夏王相的妻子。⑥惄（jì）：憎恨。⑦椒：浇的臣子。⑧庖正：主管膳食的官员。⑨虞思：虞国国君。二姚：虞思的两个女儿。

诸纶[10]，有田一成[11]，有众一旅[12]。能布其德，而兆其谋，以收夏众，抚其官职。使女艾谍浇[13]，使季杼诱殪[14]，遂灭过、戈，复禹之绩，祀夏配天，不失旧物。今吴不如过，而越大于少康，或将丰之，不亦难乎？勾践能亲而务施，施不失人，亲不弃劳。与我同壤，而世为仇雠。于是乎克而弗取，将又存之，违天而长寇雠，后虽悔之，不可食已。姬之衰也，日可俟也。介在蛮

注释 — [10]纶：有虞地名，在今河南虞城县东南。[11]成：古代方十里为一成。[12]旅：上古以五百人为一旅。[13]女艾：少康的臣子。[14]季杼：少康的儿子。殪（yì）：浇的弟弟，封于戈。

流年急景，守一份深情

夷，而长寇雠，以是求伯⑮，必不行矣。"

弗听。退而告人曰："越十年生聚，而十年教训，二十年之外，吴其为沼乎！"

注释 — ⑮伯：通"霸"。

译文一吴王夫差在夫椒打败了越军，报了槜李之战的仇。于是吴军进入了越国。越王率领披甲持盾的五千名士兵退守到会稽山，并派大夫文种通过吴国太宰伯嚭向吴王求和。

吴王准备同意越国的请求。伍员说："不能答应。我听说：'树立美德越多越好，去除病害越彻底越好。'从前过国的国君浇杀了斟灌后又去攻打斟郡，灭了夏朝君主相。相的妻子后缗当时怀有身孕，从墙洞逃了出去，逃回娘家有仍国，生下了少康。少康长大后做了有仍国的牧正，他记恨浇，又能对浇有所戒备。浇派大臣椒搜寻少康，少康逃到了有虞国，在那里当上了庖正，得以避开灾难。有虞的国君虞思就把两个女儿嫁给少康为妻，并把纶邑封给了少康，少康有了方圆十里的土地，有了五百名士兵。少康能够广施德政，并谋划复兴国家，他召集夏朝的遗民，给他们加官晋爵。他又派女艾去刺探浇的情况，派季杼去诱骗浇的弟弟，于是灭掉了过国和戈国，复兴了夏禹的功业，祭祀夏朝的祖先，同时祭祀天帝，恢复了从前的典章制度。现在吴国不如当时的过国强大，而越国比当时的少康强大，如果让越国强盛起来，岂不成了灾难？勾践能够亲近他的臣民，致力于施行恩惠，施行恩惠就不失民心，亲近民众就不会忘掉有功的人。越国同我们国土相连，又世世代代结为仇敌。在这种情况下，我们打败了越国不把它根除，却要保留它，违背了天意而助长了仇敌，日后即使后悔，也无法将其消灭。姬姓的衰亡，已经为期不远了。吴国处在夷蛮之间，却要助长仇敌，想拿这个去谋求霸主地位，必定是不能如愿的。"

吴王不听劝告。伍员退出来后对别人说："越国用十年的时间繁衍积累，用十年的时间教育训练，二十年之后，吴国恐怕要变成池沼了！"

晋献文子成室

4

晋献文子的新居落成，晋国大夫们纷纷送礼表示祝贺。大夫张老的贺词别出心裁，在赞美赵文子新居美轮美奂的同时，祝愿晋献文子能『歌于斯，哭于斯，聚国族于斯』，这是祝福赵文子的子孙后代能一直享有祭祀，规劝其居安思危之意暗含其中。晋献文子明白了张老的良苦用心，于是欣然接受了这份祝福。

晋献文子成室①，晋大夫发焉。张老曰："美哉，轮焉②；美哉，奂焉③！歌于斯，哭于斯，聚国族于斯。"文子曰："武也，得歌于斯，哭于斯，聚国族于斯，是全要领以从先大夫于九京也④。"北面再拜稽首。君子谓之善颂、善祷。

注释 — ①献文子：晋国大夫赵武。②轮：高大。③奂：众多、盛大。④要领：即腰和头。九京：即九原，晋国卿大夫的墓地。

译文 — 晋献文子的新居落成了，晋国的大夫们都前往送礼祝贺。大夫张老说："美极了，这样宽敞高大；美极了，这样富丽堂皇！可以在这里祭祀唱诗，也可以在这里居丧哭泣，还可以在这里宴请国宾、聚会宗族。"文子说："我呀，能够在这里祭祀唱诗，在这里居丧哭泣，在这里宴请国宾、聚会宗族，这样我就能保全身躯，从而跟随我的先祖先父一起葬于九原了。"说完，就向北面拜了两拜，叩头至地。当时的君子称赞他们二人一个善于祝颂，一个善于祝祷。

5

陈情表

晋武帝征召蜀汉旧臣李密为太子洗马，李密从自己幼年的不幸遭遇写起，说明自己与祖母相依为命的特殊感情，表明当时所面临的尽孝和尽忠的两难处境，请求不仕而为祖母养老送终。为了免除晋武帝的猜忌，李密在文中还申明自己不奉诏前往，绝非顾念前朝，而是因为尽孝难以远行。行文朴实流畅，发自肺腑，辞意恳切，晋武帝看后很受感动，答应了他的请求。

臣密言：臣以险衅①，夙遭闵凶②。生孩六月，慈父见背③。行年四岁，舅夺母志④。祖母刘，愍臣孤弱⑤，躬亲抚养。臣少多疾病，九岁不行，零丁孤苦，至于成立。既无叔伯，终鲜兄弟。门衰祚薄，晚有儿息。外无期功强近之亲，内无应门五尺之童，茕茕孑立⑥，形影相吊。而刘夙婴疾病⑦，常在床蓐⑧。臣侍汤药，未尝废离。

逮奉圣朝，沐浴清化。前太守臣逵，察臣孝廉⑨；后刺史臣荣，举臣秀才。臣以供养无主，辞不赴命。诏书特下，拜臣郎中。寻蒙国恩，除臣洗马⑩。猥以

注释 — ①险衅：灾难和祸患，指命运不好。②夙：早早地。闵凶：凶丧之事。③见背：去世。④舅夺母志：指李密的舅父强迫李密之母改嫁。⑤愍（mǐn）：怜悯，哀怜。⑥茕茕（qióng）：形容孤单无依靠。⑦婴：被……缠绕。⑧蓐：通"褥"，草垫子。⑨孝廉：汉代选拔官吏的两种科目。孝，指孝悌者。廉，指廉洁之士。⑩洗马：太子的属官，掌管图书。

流年急景，守一份深情

微贱[11]，当侍东宫，非臣陨首所能上报。臣具以表闻，辞不就职。诏书切峻，责臣逋慢；郡县逼迫，催臣上道；州司临门[12]，急于星火。臣欲奉诏奔驰，则以刘病日笃[13]；欲苟顺私情，则告诉不许。臣之进退，实为狼狈。

伏惟圣朝以孝治天下，凡在故老，犹蒙矜育[14]，况臣孤苦，特为尤甚。且臣少事伪朝，历职郎署[15]，本图宦达，不矜名节。今臣亡国贱俘，至微至陋，过蒙拔擢[16]，宠命优渥，岂敢盘桓[17]，有所希冀？但以刘日薄西山，气息奄奄，人命危浅[18]，朝不虑夕。臣无祖母，

注释 —— [11] 狽：鄙，谦辞。[12] 州司：州官。[13] 笃：病重。[14] 矜育：怜恤，抚养。[15] 郎署：尚书郎。[16] 拔擢（zhuó）：提拔。[17] 盘桓：徘徊犹豫。[18] 危浅：生命垂危。

无以至今日；祖母无臣，无以终余年。祖孙二人，更相为命，是以区区不能废远。臣密今年四十有四，祖母刘今年九十有六，是臣尽节于陛下之日长，报刘之日短也。乌鸟私情，愿乞终养。

臣之辛苦，非独蜀之人士及二州牧伯所见明知，皇天后土，实所共鉴。愿陛下矜愍愚诚，听臣微志。庶刘侥幸，卒保余年。臣生当陨首，死当结草⑲。臣不胜犬马怖惧之情，谨拜表以闻。

注释 — ⑲死当结草：春秋时晋大夫魏颗没有遵照父亲魏武子的遗嘱将他的宠妾殉葬，而是将其改嫁了出去。后来魏颗与秦将杜回交战，一老人用草绳将杜回绊倒，魏颗因而捉住了杜回。魏颗夜间梦见老人，老人自称是魏武子宠妾的父亲，特来报恩。

译文 — 臣李密上言：我因为命运坎坷，幼年便遭到不幸。刚出生六个月，父亲就弃我而离开人世。长到四岁时，舅父强迫母亲改变了守节的志愿，母亲改嫁他人。祖母刘氏怜悯我孤苦弱小，亲自抚养我。我小时候体弱多病，到九岁时还不能走路，孤独无依，一直到长大成人。我既没有叔伯，也没有兄弟，家门衰微，福分浅薄，到很晚才有儿子。在外面没有比较亲近的亲戚，在家里没有照应门户的童仆，孤零零地立身于世，只有自己的影子作为伴侣。而祖母刘氏早就疾病缠身，常常卧床不起。我侍奉她吃饭喝药，从来没有离开过她。

到了如今的圣朝，我受到清明的政治教化。先是太守逵，察举我为孝廉；后是刺史荣，推举我为秀才。我因为祖母无人供养，推辞而没有受命。陛下特地下达诏书，任命我为郎中，不久又承蒙国家恩典，授予我太子洗马的职位。我凭借卑微低贱的身份，担当侍奉太子的职务，这种恩德，我即便肝脑涂地也无法报答。我将自己的处境都上表陈述过，辞谢不去就职。诏书又下，严峻紧迫，责备我回避拖延；郡县上的官员前来逼迫我，催我动身上路；州官来到我的家里催促，比流星还快。我想要奉诏赶去赴任，但因刘氏的病情一天比一天严重未能成行；想要暂且迁就私情，但申诉又得不到准许。我进退两难，处境实在是狼狈不堪。

圣朝以孝道治理天下，凡是对于年老而德高的人，尚且受到怜悯抚育，何况我孤苦无依的程度尤其严重。而且我年轻时曾在伪朝任职，做过尚书郎等职位，本来就想仕途获得显达，并不在乎什么名节。如今，我作为亡国贱俘，身份是最卑微最鄙陋的，蒙受主上的破格提拔，恩赐的任命待遇优厚，我哪里敢徘徊不前，有其他非分之想呢？只因为刘氏已是日薄西山，气息奄奄，生命垂危，朝不保夕。没有祖母，我就不能活到今日；祖母没有我，就无法度完余生。我们祖孙二人相依为命，所以我怀着恳切之情不能放弃对祖母的侍养，而离开她去远方做官。我李密今年四十四岁，祖母刘氏九十六岁，这样看来，我为陛下尽忠的日子还很长，可是报答刘氏的日子却所剩无几。我怀着乌鸦反哺的心情，希望求得陛下让我为祖母养老送终。

我的辛酸苦楚，不只是蜀地人士和两州长官所能看到和了解的，着实是皇天后土可以共同见证的。希望陛下怜悯我愚拙的诚心，遂了我的微薄的心愿，或许刘氏能侥幸平安寿终，我活着当誓死尽忠，死后也当结草报德。我怀着如同犬马对主人一样不胜恐惧的心情，恭恭敬敬地上表奏报陛下。

春夜宴桃李园序

6

此文是李白用骈体文写成的一篇脍炙人口的抒情小品，生动地记述了李白和众兄弟在春夜聚会于桃李芬芳的名园，饮酒赋诗，高谈阔论的情景。文章抒发了作者热爱生活、热爱自然的豪情雅兴，同时也夹杂着对人生如梦的感慨和及时行乐的思想。

夫天地者，万物之逆旅①；光阴者，百代之过客。而浮生若梦，为欢几何？古人秉烛夜游，良有以也②！况阳春召我以烟景，大块假我以文章③。会桃李之芳园，序天伦之乐事。群季俊秀④，皆为惠连⑤；吾人咏歌，独惭康乐⑥。幽赏未已，高谈转清。开琼筵以坐花，飞羽觞而醉月⑦。不有佳作，何伸雅怀⑧？如诗不成，罚依金谷酒数⑨。

注释 ①逆旅：旅馆，客舍。②良：确实。以：原因。③大块：指大自然。文章：错杂的色彩或花纹。④群季：诸弟。⑤惠连：南朝文学家谢惠连。⑥康乐：南朝文学家谢灵运，袭封康乐公。⑦觞：古代酒器。⑧伸：抒发。⑨金谷酒数：西晋石崇在金谷园与宾客宴饮的时候，要宾客当筵赋诗，不能成者，罚酒三斗。

译文 一天地，是万物的客舍；光阴，是百代的过客。人生起伏无常，好似梦幻一场，欢乐的时光又能有多少呢？古人手持蜡烛在夜间游乐，确实是有原因的啊！更何况温暖的春天用美景召唤我们，天地万物赐给了我们一派锦绣风光。我们在桃李芬芳的园中相会，畅叙兄弟间的乐事。诸位弟弟都是俊杰才智之士，个个如谢惠连；大家赋诗吟诵，只有我自愧比不上谢灵运的才情。还未结束对优雅景色的玩赏，高谈阔论已转为清雅絮语。我们坐在花丛中摆开豪华的筵席，觥筹交错，对月酣饮。此番情景，若没有好的作品，怎能抒发高雅的情怀？如果有谁作诗不成，就依照金谷园宴饮的旧例罚酒三杯。

7

祭十二郎文

韩愈

本文是韩愈悼念侄子的祭文。韩愈三岁丧父，便由兄嫂抚养，自幼与侄儿十二郎同窗共读，相依相伴，感情很深。韩愈离开家乡做官以后，与十二郎聚少离多，本来打算安定下来以后再把侄子接来同住，不料十二郎青年夭折。韩愈怀着万分沉痛的心情写下了这篇祭文，记述了对幼年往事的追忆以及生离死别的悲痛，感情真挚深沉，具有极强的感染力。

年月日，季父愈闻汝丧之七日，乃能衔哀致诚[1]，使建中远具时羞之奠[2]，告汝十二郎之灵：

呜呼！吾少孤，及长，不省所怙[3]，惟兄嫂是依。中年，兄殁南方[4]，吾与汝俱幼，从嫂归葬河阳。既又与汝就食江南，零丁孤苦，未尝一日相离也。吾上有三兄，皆不幸早世。承先人后者，在孙惟汝，在子惟吾。两世一身，形单影只。嫂尝抚汝指吾而言曰："韩氏两世，惟此而已！"汝时尤小，当不复记忆；吾时虽能记忆，亦未知其言之悲也！

吾年十九，始来京城。其后四年，而归视汝。又四

注释 — ①衔哀：心里充满悲哀。②羞：同"馐"，珍美的食物。③怙（hù）：依靠。④殁（mò）：死去。

年，吾往河阳省坟墓⑤，遇汝从嫂丧来葬。又二年，吾佐董丞相于汴州⑥，汝来省吾，止一岁，请归取其孥⑦。明年，丞相薨⑧，吾去汴州，汝不果来。是年，吾佐戎徐州⑨，使取汝者始行，吾又罢去，汝又不果来。吾念汝从于东，东亦客也，不可以久，图久远者，莫如西归，将成家而致汝。呜呼！孰谓汝遽去吾而殁乎⑩？

吾与汝俱少年，以为虽暂相别，终当久相与处，故舍汝而旅食京师，以求斗斛之禄⑪。诚知其如此，虽万乘之公相，吾不以一日辍汝而就也！

去年，孟东野往，吾书与汝曰："吾年未四十，而

注释 — ⑤省：探望。⑥董丞相：名晋，字混成，时为宣武军节度使，韩愈当时在他的幕下任观察推官。⑦孥（nú）：妻子和儿女。⑧薨（hōng）：古时对诸侯死称薨，唐代专称二品以上官员死亡。⑨佐戎徐州：指韩愈在徐州任节度推官。⑩遽（jù）：骤然，突然。⑪斛（hú）：古量器名，十斗为一斛。

视茫茫，而发苍苍，而齿牙动摇。念诸父与诸兄，皆康强而早世；如吾之衰者，其能久存乎？吾不可去，汝不肯来，恐旦暮死，而汝抱无涯之戚也。"孰谓少者殁而长者存，强者夭而病者全乎？呜呼！其信然邪？其梦邪？其传之非其真邪？信也，吾兄之盛德而夭其嗣乎？汝之纯明而不克蒙其泽乎⑫？少者强者而夭殁，长者衰者而存全乎？未可以为信也！梦也，传之非其真也，东野之书，耿兰之报，何为而在吾侧也？呜呼！其信然矣！吾兄之盛德而夭其嗣矣！汝之纯明宜业其家者，不克蒙其泽矣！所谓天者诚难测，而神者诚难明矣！所谓

注释 — ⑫克：能。

流年急景，守一份深情

理者不可推，而寿者不可知矣！

虽然，吾自今年来，苍苍者或化而为白矣，动摇者或脱而落矣，毛血日益衰，志气日益微，几何不从汝而死也。死而有知，其几何离；其无知，悲不几时，而不悲者无穷期矣。汝之子始十岁，吾之子始五岁，少而强者不可保，如此孩提者，又可冀其成立邪？呜呼哀哉！呜呼哀哉！

汝去年书云："比得软脚病，往往而剧。"吾曰："是疾也，江南之人常常有之。"未始以为忧也。呜呼，其竟以此而殒其生乎⑬？抑别有疾而致斯乎？

注释 — ⑬殒（yǔn）：死亡。

汝之书，六月十七日也；东野云，汝殁以六月二日；耿兰之报无月日。盖东野之使者，不知问家人以月日；如耿兰之报，不知当言月日。东野与吾书，乃问使者，使者妄称以应之耳。其然乎？其不然乎？

今吾使建中祭汝，吊汝之孤与汝之乳母。彼有食可守以待终丧，则待终丧而取以来；如不能守以终丧，则遂取以来。其余奴婢，并令守汝丧。吾力能改葬，终葬汝于先人之兆⑭，然后惟其所愿。

呜呼！汝病吾不知时，汝殁吾不知日，生不能相养以共居，殁不能抚汝以尽哀，敛不凭其棺⑮，窆不临其

注释 — ⑭兆：墓地。⑮敛：通"殓"。

流年急景，守一份深情

穴⑯。吾行负神明，而使汝夭。不孝不慈，而不得与汝相养以生，相守以死。一在天之涯，一在地之角，生而影不与吾形相依，死而魂不与吾梦相接，吾实为之，其又何尤？彼苍者天，曷其有极！

自今以往，吾其无意于人世矣！当求数顷之田于伊颍之上⑰，以待余年。教吾子与汝子，幸其成；长吾女与汝女，待其嫁。如此而已。

呜呼！言有穷而情不可终，汝其知也邪？其不知也邪？呜呼哀哉！尚飨⑱。

注释 — ⑯窆（biǎn）：下棺入土，埋葬。⑰伊颍之上：韩愈的家乡。伊：伊河，在河南西部。颍：颍河，在安徽西北部及河南东部。⑱飨（xiǎng）：通"享"，享受。

译文 ― 某年某月某日，叔父韩愈在听到你去世消息后的第七天，才得以强忍哀痛，表达诚挚的情意，派建中从远方置办了应时的佳肴作为祭品，祭告于你十二郎的灵前：

唉！我自幼丧父，等到长大，不知道可以依靠谁，只得依靠兄嫂抚养我。哥哥人到中年客死南方，当时我和你都还年幼，跟随嫂嫂把哥哥归葬在河阳。后来又和你到江南谋生，孤苦伶仃，不曾有一天分开啊。我上面有三个哥哥，都不幸早逝。能继承先人而作为后嗣的，在孙子辈中只有你，在儿子辈中只有我。子孙两代各剩一人，真是形单影只啊。嫂嫂曾经一手抚着你，一手指我说："韩家两代人，就只剩你们两个了！"那时你还小，应该记不得了；我当时虽然能够记事，也还不能体会她话中的悲凉啊！

我十九岁那年，初次到京城。四年后，我回去看过你。又过了四年，我前往河阳祖坟凭吊，碰上你护着嫂嫂的灵柩前来安葬。又过了两年，我在汴州辅佐董丞相，你来探望我，住了一年后，便请求回家接妻子儿女。第二年，董丞相去世，我离开汴州，你没有来成。这一年，我到徐州协理军务，派去接你的人刚要动身出发，我又被免职，你又没能来成。我思忖着，即使你跟着我到东边来，也是客居在这里，并非长久之计，如果从长远打算，不如等我回到西边，我打算安置下来家小后接你过来。唉！谁能想到你就这样突然离我而去呢？

当初我和你都年轻，认为即使暂时分别，我们终会长久住在一起，所以我才为了微薄的俸禄，弃你而去客居京城。如果早知是这样，就是让我做最尊贵的宰相公卿，我连一天也不会离开你去就任的！

去年，孟东野到你那边去，我捎信给你说："我年纪还不到四十岁，但是视力已经模糊，头发斑白，牙齿也开始松动了。想到我的叔伯父兄们，他们都身体强健却早早地死去；像我这样体弱的人，能活得久吗？我离不开这里，你不肯前来，我最怕的就是有朝一日我离开人世，你就将陷入无边无际的悲哀啊！"谁能想到，年轻的去世而年长的还活着，身体强健的夭折而体弱多病的得以保全？唉！这些事是真的发生了呢，还是一场梦呢？抑或是传来的消息不是真的？如果是真的，我哥哥德行崇高却早早丧子？你这样纯正聪明却不能承受先人的恩泽吗？年轻的、强健的反而夭折，年长的、衰弱的反而保全吗？不能把它当真吧！如果是一场梦，传来的消息不真实，可是，东野的书信、耿兰的报丧，为什么在我身边呢？唉！这是真的啊！我哥哥品行美好而他的儿子却夭折了，你纯正聪明，适合继承家业，却不能承受先人的恩泽了！所谓天命实在难测，神旨实难明白呀！所谓的天理没法推究，而寿命不能知晓呀！

虽然如此，我自今年以来，斑白的头发有的变成全白了，动摇的牙齿有的脱落了，毛发、气血日益衰弱，精神日益衰减，没多久也该随你而去了！如果你地下有知，那我们的分离又还能有多久呢？如果你长眠地下，不再有任何的知觉，那我也就悲伤不了多少时日，而不悲伤的日子倒是无穷无尽啊！你的儿子刚十岁，我的儿子刚五岁，年轻而强健的尚不能保全，像这样的小孩子，又能期望他们长大成人吗？唉！实在可悲啊！

实在可悲啊!

你去年来信说:"近来得了软脚病,时常发作得厉害。"我回信说:"这种病,江南的人常常有。"并没有因此而忧虑。唉!难道竟是这种病夺去了你的生命吗?还是另有疾病而导致如此的结局呢?

你的信,是六月十七日写的;东野来信说,你死于六月二日;耿兰报丧没有说你准确的过世日期。大约东野的使者没有想到要向家人问明死期;像耿兰那样报丧的,不知道要讲明死期。东野写信给我,才问使者,使者就信口编了一个日期以应付罢了。是这样呢,还是不是这样呢?

如今我派建中去祭奠你,慰问你的儿子和乳母。他们有粮食能够守丧到丧期终了,就等到丧期结束后再把他们接来;如果无法守到丧期终了,那么马上就把他们接过来。其余的奴婢,就让他们一起为你守丧吧。将来我有能力改葬你时,一定把你的灵柩迁回到祖先的墓地安葬,那样的话,才算了却我的心愿。

唉！我不知道你什么时候生的病，不知道你去世的日期，你健在的时候不能与你互相照顾、住在一起，你死后我不能抚摸你的遗体来表达我的哀思，你入殓的时候我不能紧靠你的棺木扶灵，你下葬的时候我不能亲临你的墓穴。是我的德行有负于神灵，才导致你夭折，我对上没能尽孝，对下不能慈爱，因而不能和你互相照顾以为生，相依相守直至死去。我们一个在天涯，一个在地角，你活着的时候不能和我形影相依，死去之后你的灵魂又不曾来到我的梦中，这实在都是我造成的，还能怨谁呢？苍天啊，我的悲痛哪里有尽头！

从今以后，我对人世已毫无留恋了！我应当在伊水、颍水旁边买几顷田，以此度过余生。我会教育好我的儿子和你的儿子，期望他们长大成才；我会抚养我的女儿和你的女儿，等待她们受聘出嫁。我的心愿不过如此。

唉！话总有说完的一刻，可哀痛的心情永无终止，你是知道呢，还是什么都不知道了呢？唉！悲哀呀！请享用我的祭品吧！

8

泷冈阡表

欧阳修

欧阳修四岁丧父，由母亲抚养成人。在四十七岁时，母亲也离开人世，他写了一篇《先君墓表》追述母亲的言行。欧阳修六十四岁时，正值其父逝世六十周年，欧阳修便在《先君墓表》的基础上增改部分内容，写下此文。此文凭借母亲的口述，道出了父亲的仁孝与母亲的贤淑，感情真挚，语言朴实，表达了对父母的思念和追忆。

呜呼！惟我皇考崇公①，卜吉于泷冈之六十年②，其子修始克表于其阡③。非敢缓也，盖有待也。

修不幸，生四岁而孤。太夫人守节自誓④，居穷⑤，自力于衣食，以长以教⑥，俾至于成人⑦。太夫人告之曰："汝父为吏，廉而好施与，喜宾客，其俸禄虽薄，常不使有余，曰：'毋以是为我累。'故其亡也，无一瓦之覆、一垄之植，以庇而为生。吾何恃而能自守耶？吾于汝父，知其一二，以有待于汝也。自吾为汝家妇，不及事吾姑，然知汝父之能养也。汝孤而幼，

注释 ①皇考：指亡父。崇公：即崇国公，欧阳修的父亲欧阳观死后封崇国公。②卜吉：指通过占卜选择风水好的地方下葬。泷（shuāng）冈：在今江西永丰的凤凰山上。③阡（qiān）：坟墓。④太夫人：指欧阳修的母亲郑氏。⑤居穷：指家境贫苦。⑥以长以教：抚养、教育。⑦俾（bǐ）：使。

吾不能知汝之必有立，然知汝父之必将有后也。吾之始归也⑧，汝父免于母丧方逾年。岁时祭祀，则必涕泣曰：'祭而丰，不如养之薄也。'间御酒食，则又涕泣曰：'昔常不足，而今有余，其何及也！'吾始一二见之，以为新免于丧适然耳。既而其后常然，至其终身未尝不然。吾虽不及事姑，而以此知汝父之能养也。汝父为吏，尝夜烛治官书，屡废而叹。吾问之，则曰：'此死狱也，我求其生不得耳。'吾曰：'生可求乎？'曰：'求其生而不得，则死者与我皆无恨也。矧求而有

注释 ⑧归：古代称女子出嫁为"归"。

得耶⑨？以其有得，则知不求而死者有恨也。夫常求其生，犹失之死，而世常求其死也！'回顾乳者抱汝而立于旁，因指而叹曰：'术者谓我岁行在戌将死⑩，使其言然，吾不及见儿之立也，后当以我语告之。'其平居教他子弟，常用此语，吾耳熟焉，故能详也。其施于外事，吾不能知；其居于家，无所矜饰，而所为如此，是真发于中者耶！呜呼！其心厚于仁者耶！此吾知汝父之必将有后也。汝其勉之。夫养不必丰，要于孝；利虽不得博于物，要其心之厚于仁。吾不能教

注释 — ⑨矧（shěn）：何况，况且。⑩岁行在戌：指木星运行到戌年。

汝，此汝父之志也。"修泣而志之不敢忘。

先公少孤力学，咸平三年进士及第⑪，为道州判官⑫，泗、绵二州推官⑬，又为泰州判官⑭，享年五十有九，葬沙溪之泷冈。太夫人姓郑氏，考讳德仪，世为江南名族。太夫人恭俭仁爱而有礼，初封福昌县太君，进封乐安、安康、彭城三郡太君。自其家少微时，治其家以俭约，其后常不使过之，曰："吾儿不能苟合于世，俭薄所以居患难也。"其后修贬夷陵⑮，太夫人言笑自若，曰："汝家故贫贱也，吾处之有素矣。汝能安之，

注释 — ⑪咸平：宋真宗年号。⑫道州：在今湖南道县。⑬泗：泗州，在今安徽泗县。绵：绵州，治所在今四川绵阳。推官：掌管司法刑狱的官员。⑭泰州：治所在今江苏泰州。⑮夷陵：今湖北宜昌。

吾亦安矣。"

　　自先公之亡二十年，修始得禄而养。又十有二年，列官于朝，始得赠封其亲。又十年，修为龙图阁直学士、尚书吏部郎中留守南京。太夫人以疾终于官舍，享年七十有二。又八年，修以非才，入副枢密，遂参政事。又七年而罢。自登二府⑯，天子推恩，褒其三世。盖自嘉祐以来，逢国大庆，必加宠锡⑰。皇曾祖府君，累赠金紫光禄大夫、太师、中书令；曾祖妣⑱，累封楚国太夫人。皇祖府君，累赠金紫光禄大夫、太师、中书

注释 — ⑯二府：指枢密院与中书省。⑰锡：赐。⑱妣（bǐ）：指祖母和祖母辈以上的女性祖先。

令兼尚书令；祖妣，累封吴国太夫人。皇考崇公，累赠金紫光禄大夫、太师、中书令兼尚书令；皇妣，累封越国太夫人。今上初郊，皇考赐爵为崇国公，太夫人进号魏国。

于是小子修泣而言曰：呜呼！为善无不报，而迟速有时，此理之常也。惟我祖考，积善成德，宜享其隆。虽不克有于其躬[19]，而赐爵受封，显荣褒大，实有三朝之锡命[20]。是足以表见于后世，而庇赖其子孙矣。乃列其世谱，具刻于碑。既又载我皇考崇公之遗训，

注释 — ⑲躬：亲身，亲自。⑳锡命：指皇帝封赠臣下的诏书。

太夫人之所以教而有待于修者，并揭于阡。俾知夫小子修之德薄能鲜，遭时窃位，而幸全大节，不辱其先者，其来有自。

熙宁三年^㉑，岁次庚戌，四月辛酉朔，十有五日乙亥，男推诚、保德、崇仁、翊戴功臣^㉒，观文殿学士，特进^㉓，行兵部尚书，知青州军州事^㉔，兼管内劝农使，充京东路安抚使，上柱国^㉕，乐安郡开国公，食邑四千三百户，食实封一千二百户，修表。

注释 ㉑熙宁：宋神宗年号。㉒推诚、保德、崇仁、翊戴：宋代赐给臣属的褒奖之词。㉓特进：宋代文散官第二阶，无实职。㉔知青州军州事：宋代朝臣管理州一级地方行政兼管军事，简称知事。㉕上柱国：宋代勋官十二级中最高一级。

译文 — 唉！我的先父崇国公，选择吉地安葬在泷冈之后六十年，他的儿子欧阳修才能为他在墓前立碑。这并不是我胆敢推延此事，是因为有所等待。

我实在是不幸，出生四年而丧父。母亲自己发誓守节，家境贫困，她靠着一己之力谋求衣食，抚养我、教导我，使我长大成人。母亲告诉我说："你父亲为官清廉并且乐善好施，喜欢结交宾客，纵然他的俸禄微薄也不求有剩余，他说：'不要让金钱成为我的拖累。'因此他去世后，没有留下可让我们赖以生存的一间房子、一垄田地。那么我靠什么安贫自守呢？我对你父亲有一些认知，所以对你有所期待。自从我嫁到你们家成为媳妇，没来得及侍奉我的婆婆，可我知道你父亲是个能尽力奉养父母的人。你现在没有父亲，年纪又小，我无法推测你将来能否有所建树，但我相信你的父亲一定后继有人。我刚嫁过来时，你父亲服完母丧刚过一年。每逢年节祭祀，他总是哭着说：'无论祭品怎样丰厚，也不如父母在世时对他们的微薄奉养。'有时祭品里有些好酒好菜，他也会落泪说：'以前家用常常不足，如今富足有余，却再也来不及孝敬了！'我刚开始几次见到，以为他是刚刚服完母丧，心里悲痛才会这样。后来他常常这样，直至自己去世也没有改变。我虽然没有赶上侍奉婆婆，可是通过这些事情知道你父亲是很孝敬父母的。你父亲为官时，曾经在夜里点着蜡烛审阅案卷，屡屡停下来叹息。我问他怎么了，他说：'这个人被判了死刑，我想救他不死却没有办法。'我说：'有办法能让他不死吗？'他说：'我尽力为他寻找生路，如果还是不行，那么死者和我也就都没有遗憾了。况且我设法做些努力，也许还能让他免于死刑呢？因为这样做也许有作用，所以我知道不想办法为他们寻求活路而看他们去死的人是有遗憾的。即便经常为被判死刑的人设法寻求生路，仍然免不了有人冤死，何况世上的刑官狱吏大多是要置人于死地的呢！'他回过头来，看到奶妈正抱着你站在旁边，于是指着你叹息说：'算命的人说我在岁星行经戌年的时候就会死去。假使真像他们说的那样，我就等不到儿子长大成人了，你将来一定把我说的这些话告诉他。'他平时教导别人家的孩子也常常说这样的话，我因为时常听到，因此可以详细地说给你听。他在外面做的事，我不太清楚；他在家里，从来没有虚伪做作的行为，所作所为都是这样，这是真正发自内心的啊！唉，他的心肠宽厚胜过仁者！这就是我知道你父亲肯定会后继有人的理由。你一定要按照他的教诲努力做人。侍奉父母，不一定要丰衣足食，重在孝心；做的事情虽然不能对所有人都有好处，重在仁心。我没什么可以教导你的，这些都是你父亲的心愿。"我流着眼泪牢牢记下了这些话，不敢忘记。

先父幼年丧父，他在经过一番苦读后，于咸平三年考中进士，先后做过道州判官和泗、绵两州的推官，还做过泰州的判官，享年五十九岁，葬在沙溪的泷冈。先母姓郑，她的父亲名德仪，世代都是江南有名的大族。母亲为人恭敬勤俭、仁爱有礼，最初封为福昌县太君，后又晋封为乐安、安康、彭城三郡太君。从家道中落以后，她就以勤俭节约的原则持家，后来家境富裕了，也不许花费过多，她说："我儿子不能苟合于当世，平时节俭，是为了应对那些可能遭受的困难。"后来我被贬官至夷陵，母亲仍是谈笑自若，说："你家原来就贫贱，我习惯了这样的生活。你能安于过这种清贫的日子，我也就安心了。"

先父过世后二十年后，我才开始得到俸禄来奉养母亲。又过了十二年，我在朝廷做官以后，才得以赠封亲属。又过了十年，我升任龙图阁直学士、尚书吏部郎中，留守南京。母亲因病在官舍中去世，享年七十二岁。又过了八年，我以不相称的才能，被封为副枢密使，接着担任参知政事，又过了七年被罢免。自从我进入枢密院和中书省以来，天子广推恩德，褒奖我家三代。自嘉祐年间以来，每逢国家大典，总会对我的先祖给予恩赐封赏。先曾祖父先后受赠为金紫光禄大夫、太师、中书令；先曾祖母先后受封，最终至楚国太夫人；先祖父先后受赠为金紫光禄大夫、太师、中书令兼尚书令；先祖母先后受封，最终至吴国太夫人；先父崇国公先后受赠为金紫光禄大夫、太师、中书令兼尚书令；先母一再受封，最终至越国太夫人。当今皇帝即位后初次郊祀时，赐予先父崇国公的爵位，先母则晋封为魏国太夫人。

因此我流着眼泪说：唉！行善并非不会有回报，但是时间的早晚是不一定的，这是人世间的真理。我的祖辈父辈，积累善行而成就仁德，理应享受丰厚的报答。虽然他们在有生之年没能享受到，但是身后能够赐爵受封，显扬荣耀，受到褒扬推崇，确实享有三朝颁赐的诏命，这足以使其德行显扬于后世，令子孙后代受到庇护了。我于是排列世系家谱，将其全部刻在石碑上。然后又将先父崇国公的遗训、母亲对我的教诲和期待，全都刻在墓表上，好让大家知道我德行浅薄，能力微小，只是赶上好时机而得到高位，能有幸保全大节而不辱没祖先，都是有缘由的。

熙宁三年，岁在庚戌，四月初一辛酉日，十五乙亥日，子推诚、保德、崇仁、翊戴功臣，观文殿学士，特进，行兵部尚书，知青州军州事兼管内劝农使，充京东路安抚使，上柱国，乐安郡开国公，食邑四千三百户，实封食邑一千二百户，欧阳修谨立此表。

羁客情难遗，
朋侪与不忘。

——宋无

朋·侪

韩愈

9 送孟东野序

这是韩愈送给好友孟郊的临别赠言。孟郊一生贫寒，四十六岁才中进士，五十岁出为溧阳县尉，远离家乡，到一个小县做官，这自然不是得意的事情。韩愈写下这篇文章劝导宽解他，文中充满了对孟郊的同情和对当权者不能任用人才的不满。

大凡物不得其平则鸣。草木之无声，风挠之鸣。水之无声，风荡之鸣。其跃也，或激之；其趋也①，或梗之②；其沸也，或炙之。金石之无声，或击之鸣。人之于言也亦然，有不得已者而后言，其歌也有思，其哭也有怀。凡出乎口而为声者，其皆有弗平者乎！

乐也者，郁于中而泄于外者也，择其善鸣者而假之鸣。金、石、丝、竹、匏、土、革、木八者，物之善鸣者也。维天之于时也亦然，择其善鸣者而假之鸣。是故以鸟鸣春，以雷鸣夏，以虫鸣秋，以风鸣冬。四时之相推夺③，其必有不得其平者乎？

注释 一 ①趋：这里指水流急。②梗（gěng）：堵塞。
③推夺：推移，交替。

其于人也亦然。人声之精者为言，文辞之于言，又其精也，尤择其善鸣者而假之鸣。其在唐、虞，咎陶、禹④，其善鸣者也，而假以鸣。夔弗能以文辞鸣⑤，又自假于《韶》以鸣。夏之时，五子以其歌鸣⑥。伊尹鸣殷⑦。周公鸣周⑧。凡载于《诗》《书》六艺，皆鸣之善者也。周之衰，孔子之徒鸣之，其声大而远。传曰："天将以夫子为木铎。"其弗信矣乎？其末也，庄周以其荒唐之辞鸣。楚，大国也，其亡也，以屈原鸣。臧孙辰、孟轲、荀卿⑨，以道鸣者也。杨朱、墨翟、管夷吾、晏婴、老聃、申不害、韩非、慎到、田骈、邹

注释 — ④唐：即尧。虞：即舜。咎（gāo）陶（yáo）：又称皋陶，相传为舜时掌管刑法的大臣。⑤夔：相传为舜时的乐官。⑥五子：传说是夏王太康的五个弟弟。⑦伊尹：商代初期的贤相，曾辅佐商汤伐桀，后来又辅佐汤的孙子太甲。⑧周公：周武王的弟弟，辅佐成王治理朝政。⑨臧孙辰：即春秋时鲁国大夫臧文仲。

衍、尸佼、孙武、张仪、苏秦之属^⑩，皆以其术鸣。秦之兴，李斯鸣之。汉之时，司马迁、相如、扬雄，最其善鸣者也。其下魏、晋氏，鸣者不及于古，然亦未尝绝也。就其善者，其声清以浮，其节数以急^⑪，其辞淫以哀^⑫，其志弛以肆。其为言也，乱杂而无章。将天丑其德莫之顾邪？何为乎不鸣其善鸣者也？

唐之有天下，陈子昂、苏源明、元结、李白、杜甫、李观，皆以其所能鸣。其存而在下者，孟郊东野始以其诗鸣。其高出魏、晋，不懈而及于古^⑬，其他浸淫乎汉氏矣。从吾游者，李翱、张籍其尤也。三子者之鸣

注释 — ⑩管夷吾：即管仲，辅佐齐桓公成为霸主。申不害：战国时郑国（一说韩国）人，法家代表。慎到：战国时赵国人。田骈（pián）：战国时齐国人。邹衍：战国时齐国人，阴阳家。尸佼：战国时鲁国人。⑪节：节拍。⑫淫：淫靡。⑬不懈：不懈怠。

信善矣。抑不知天将和其声，而使鸣国家之盛邪？抑将穷饿其身，思愁其心肠，而使自鸣其不幸邪？三子者之命，则悬乎天矣。其在上也，奚以喜[14]？其在下也，奚以悲？东野之役于江南也[15]，有若不释然者，故吾道其命于天者以解之。

注释 — [14]奚以：何以。[15]役于江南：孟郊五十岁那年，才做了溧阳县尉，此处指他前往溧阳赴任。

译文一通常事物处在不平静的状态就会发出声音。草木本身不能发出声音，风去扰动它的时候才会发出声响。水本身不能发出声音，风去激荡它的时候才会发出声响。水的奔腾激跃是有什么阻碍它，水流湍急是因为有什么堵塞它，水沸腾滚开是因为有什么在烧煮它。金石自己不能发出声音，但有什么敲击它就能鸣响。人在发表言论上同样如此，遇到不得不说的事情才会张嘴说话，人们歌唱也是暗含情思的，哭泣也是情深所致。凡是从口中发出而成为声音的，大概都有不平的地方吧！

音乐能将人们郁结在心中的喜怒哀乐抒发出来，人们也选择适合鸣响的东西，凭借它们来奏出音乐。金、石、丝、竹、匏、土、革、木这八类东西，是器物中适合鸣响的。上天对于四时也是这样，选择善于鸣响的东西，并且凭借它来发出鸣叫。所以春天有鸟类鸣叫，夏天有雷声轰鸣，秋天有虫类作声，冬天有大风呼啸。四时的推移交替，也一定有其不平的原因吧？

对于人来说也是一样。人类声音的精华是语言，文辞对于语言来说，又是语言中的精华，尤其要选择那些善于表达的人，并依靠他们来表达意见。在唐尧、虞舜的时代，咎陶和禹是最善于表达的人，因此就依靠他们来表达意见。夔不能用文辞来表达自己的意见，就借着自己制作的《韶》乐来表达。夏代的时候，太康的五个兄弟通过自己的歌声来表达。殷代有伊尹在表达，周朝有周公在表达。凡是记载在《诗经》《尚书》六艺中的，都是最擅长表达的人。周朝衰败后，孔子师徒便开始发表意见了，他们表达的声音宏大而传播遥远。《论语》上记载说："天将以夫子作为晓喻众人的木铎。"难道不是这样吗？到了周朝末年，庄周用他那宏大玄虚的文辞来表达。楚国是大国，它快要灭亡的时候，就通过屈原表达出来了。臧孙辰、孟轲、荀卿等人，都是用他们的学说来表达自己的。杨朱、墨翟、管夷吾、晏婴、老聃、申不害、韩非、慎到、田骈、邹衍、尸佼、孙武、张仪、苏秦这一类人，都是用他们各自的主张来表达自己。秦朝兴起，李斯为其表达。汉朝的时候，司马迁、司马相如、扬雄，是其中最善于表达的人。其后的魏晋时期，能表达的人即便比不上前人，但也从未断绝过。就其中善于表达的人来看，他们的声音清越而浮泛，节奏紧密而急促，文辞靡丽而哀伤，思想空疏而放纵，至于所发表的言论，则是杂乱无章。难道是上天对他们的德行有所憎恶，而刻意不肯眷顾他们吗？为何不让那些善于表达的人来表达自己呢？

唐朝统治天下以来，陈子昂、苏源明、元结、李白、杜甫、李观，都依靠自身的才华而表达自己。现在活在世上而且处于下位的善于表达的人，就得说最初用诗来表达自己的孟郊东野了。他在诗歌上的成就超过魏晋文人，孜孜进取达到上古的水准，其他的作品也接近汉代的水平了。跟我交游的人中，以李翱、张籍最为杰出。这三位先生的文辞表达水平算得上厉害。但不知道上天将应和他们的声音，使他们的作品表达国家的强盛呢，还是将让他们贫穷疾苦，满怀愁思，使他们的作品表达自身的不幸遭遇呢？这三位先生的命运如何，完全取决于上天的安排。身居高位，有什么值得庆幸的？身处下位，有什么可悲叹的？东野这次去江南任职，心中好像还有放不下的愁事，所以我跟他讲讲命由天定的道理来宽解他。

送李愿归盘谷序

韩愈

公元800年（唐德宗贞元十六年），韩愈在长安求仕，郁郁寡欢，次年，适逢好友李愿要到盘谷隐居，韩愈为他写下这篇送归之作。此文引述李愿自己的言语，介绍盘谷的地理概况，借以倾吐自己的激愤不平，并表达了他对好友退隐山林的羡慕之情。

太行之阳有盘谷。盘谷之间，泉甘而土肥，草木藂茂，居民鲜少。或曰："谓其环两山之间，故曰'盘'。"或曰："是谷也，宅幽而势阻，隐者之所盘旋。"友人李愿居之。

愿之言曰："人之称大丈夫者，我知之矣。利泽施于人，名声昭于时。坐于庙朝，进退百官，而佐天子出令。其在外，则树旗旄，罗弓矢，武夫前呵，从者塞途，供给之人，各执其物，夹道而疾驰。喜有赏，怒有刑。才畯满前，道古今而誉盛德，入耳而不烦。曲眉丰颊，清声而便体，秀外而惠中，飘轻裾，翳长袖[1]，粉

注释 — ①翳：遮蔽。

白黛绿者，列屋而闲居。妒宠而负恃，争妍而取怜。大丈夫之遇知于天子，用力于当世者之所为也。吾非恶此而逃之，是有命焉，不可幸而致也。

"穷居而野处，升高而望远。坐茂树以终日，濯清泉以自洁②。采于山，美可茹；钓于水，鲜可食。起居无时，惟适之安。与其有誉于前，孰若无毁于其后；与其有乐于身，孰若无忧于其心。车服不维③，刀锯不加，理乱不知，黜陟不闻④。大丈夫不遇于时者之所为也，我则行之。

"伺候于公卿之门，奔走于形势之途⑤，足将进而

注释 —— ②濯（zhuó）：洗涤，洗浴。③维：系，引申为束缚。④黜（chù）：降职或罢免。陟（zhì）：晋升。⑤形势：指有权势的人。

趑趄[6]，口将言而嗫嚅[7]。处污秽而不羞，触刑辟而诛戮[8]。侥幸于万一，老死而后止者，其于为人贤不肖何如也？"

昌黎韩愈闻其言而壮之，与之酒，而为之歌曰："盘之中，维子之宫；盘之土，可以稼；盘之泉，可濯可沿；盘之阻，谁争子所？窈而深，廓其有容；缭而曲，如往而复。嗟盘之乐兮，乐且无央[9]。虎豹远迹兮，蛟龙遁藏；鬼神守护兮，呵禁不祥；饮且食兮寿而康，无不足兮奚所望？膏吾车兮秣吾马，从子于盘兮，终吾身以徜徉。"

注释 — ⑥趑（zī）趄（jū）：想往前走又又犹疑不决的样子。⑦嗫（niè）嚅（rú）：想说而又吞吞吐吐不敢说出来。⑧刑辟：刑法，法律。⑨央：穷尽。

流年急景，守一份深情

译文 — 太行山的南面有个盘谷，盘谷里泉水甘甜而且土地肥沃，草木郁郁葱葱，居民稀少。有人说："因为它盘绕于两山之间，所以称之为'盘'。"有人说："这个山谷，处于幽静的环境而地势险阻，是隐者徘徊逗留的地方。"我的朋友李愿就隐居在这里。

李愿是这么说的："世人所说的那些大丈夫，我很了解。他们把恩惠施给别人，让自己的名声显扬于当世。他们坐在朝廷之上参与政事，任免百官，辅佐皇帝发号施令。他们到了朝廷之外，就树起旗帜，排列弓箭，武士在前面吆喝开道，随从挤满了路途，供应服侍的人，拿着各自的东西，在道路两边往来飞奔。他们高兴的时候就赏赐，愤怒的时候就惩罚，贤才俊杰站满了身前，又是谈古论今又是歌功颂德，满耳都是赞誉之声而不觉得厌烦。那些眉毛弯弯、脸颊丰腴、声音清脆、体态轻盈、秀外慧中的美人，飘动着轻柔的衣襟，笼着长长的袖子，脸上施了白粉而眉毛画成黛绿，闲住在一列列的房屋里，她们忌妒别人得宠又有所依恃，为了博取主人的爱怜而斗美争妍。上述种种，就是那些被天子所器重赏识的大丈夫，治理当今天下的所作所为啊。我并非出于对这些行径的厌恶故意逃避此地，只是人各有命，是不能靠侥幸取得的。

"过着清贫的生活，隐居草野之间，登临高处，极目远望。终日坐在茂密的树林里，用清澈的泉水洗浴以保持自己的清洁。从山上采来的果蔬，甘美可口；从水中钓得的鱼虾，鲜嫩可食。作息没有一定的时间，只求舒适安闲。与其当面听到赞誉之辞，哪里比得上背后不遭人诋毁；与其肉体得到娱乐刺激，哪里比得上内心无忧无虑怡然自得。不受功名利禄的束缚，也没有遭到刑罚罪责的危险，不理会天下长治久安还是混乱无章，仕途上谪贬升迁不闻不问。这是那些生不逢时的大丈夫所做的，我就照着这样去做。

"至于那些侍奉在公卿门前，奔走于有权势的显贵者中间，要迈出脚又踌躇不前，要张开口又犹豫不语，处于污秽之中而不知羞耻，触犯刑法而遭诛戮，企图得到万分之一的意外好处，直到老死才肯罢休的人，他们的为人究竟是贤呢，还是不贤？"

昌黎韩愈听了李愿的这番话，不觉心中澎湃，为他敬酒并且唱歌道："盘谷中间，有你的家园；盘谷的土地，可以种植庄稼；盘谷的清泉，可以用来洗浴，又可顺流闲游；盘谷的地势险阻，又有谁来和您争夺住所？清幽深邃，天地空阔包容；萦回曲折，向前走却不觉又回到了原处。盘谷中的乐趣啊，快乐而没有穷尽。虎豹远离这里，蛟龙遁逃躲藏；神鬼守护着这里，呵斥、驱走不祥与祸殃；边饮边食啊长寿康健，没有不满足啊又能有什么奢望？给我的车轴上油啊，喂好我的马，跟随您去盘谷啊，让我终生在那里徜徉。"

11

送董邵南序

董邵南是韩愈的好友，一生怀才不遇，多次考进士都没有考中，于是想投奔河北的军阀寻找机遇。在临行之前，韩愈写了这篇文章当作临行前的赠言。文中对友人怀才不遇的处境深表同情，也对他前往河北感到惋惜，最后勉励他结交忠义豪杰，一起为国效力。

燕赵古称多感慨悲歌之士①。董生举进士，连不得志于有司，怀抱利器②，郁郁适兹土③。吾知其必有合也④。董生勉乎哉！

夫以子之不遇时，苟慕义强仁者，皆爱惜焉。矧燕、赵之士，出乎其性者哉！然吾尝闻风俗与化移易，吾恶知其今不异于古所云邪？聊以吾子之行卜之也⑤。董生勉乎哉！

吾因之有所感矣。为我吊望诸君之墓⑥，而观于其市，复有昔时屠狗者乎⑦？为我谢曰："明天子在上，可以出而仕矣⑧！"

注释 一 ①燕：古国名，在今河北省北部和辽宁省西端。赵：古国名，在今山西北部、河北西部和南部一带。②利器：指杰出的才能。③兹土：这块地方，指燕赵之地。④合：际遇，遇合，指臣子逢到善用其才的君主。⑤聊：姑且。卜：估计。⑥望诸君：这里指乐毅。⑦屠狗者：指高渐离，这里泛指埋没在草野的志士。⑧出而仕：出来当官。

译文 燕、赵一带自古以来就称说有过很多慷慨悲歌的豪侠义士。董生考取进士，一连几次都不能被主考官所赏识，他怀抱着卓越的才能，带着烦闷的心情前往这个地方。我想他此行一定能有很好的机遇。董生，努力吧！

像您这样没遇到时机的人，只要是崇尚道义、力行仁德的人都会对您产生怜惜之情。何况燕、赵一带的豪侠义士，崇尚仁义是出于他们的本性呢！然而我曾听说风俗是会随着教化的变化而变化的，我哪里知道那里现今是否和古时候所说的没有不同呢？姑且以您此行来验证一下吧。董生，努力啊！

我因此有所感慨。请代我去凭吊一下望诸君乐毅的墓，到集市上去看看，还有像从前高渐离那样靠卖狗肉为生的豪侠之士吗？如果有，代我致意，告诉他们："如今圣明的天子在位，可以出来为朝廷效力了。"

12

送温处士赴河阳军序

韩愈

温处士名叫温造，他一度隐居洛阳，后来入了乌重胤的幕府。韩愈为乌重胤的求贤如渴而感动，作此文庆贺温处士受到乌重胤的礼聘。文章开头以伯乐相马比喻乌氏善于选拔人才，继而以诙谐的口吻称颂乌氏重视人才，并表达了自己对温造离开的依依不舍之情。

伯乐一过冀北之野^①，而马群遂空。夫冀北马多天下，伯乐虽善知马，安能空其群邪？解之者曰："吾所谓空，非无马也，无良马也。伯乐知马，遇其良，辄取之，群无留良焉。苟无良，虽谓无马，不为虚语矣。"

东都，固士大夫之冀北也。恃才能深藏而不市者，洛之北涯曰石生^②，其南涯曰温生。大夫乌公，以铁钺镇河阳之三月^③，以石生为才，以礼为罗，罗而致之幕下。未数月也，以温生为才，于是以石生为媒，以礼为罗，又罗而致之幕下。东都虽信多才士，朝取一人焉，

注释 一 ①伯乐：相传春秋时善于相马的人，姓孙名阳。②石生：即石洪。③铁（fū）钺（yuè）：斫刀和大斧，执行军法时用于杀人的刑具，象征帝王赐予的专征专杀的权威，这里指节度使的身份。

流年急景，守一份深情

拔其尤；暮取一人焉，拔其尤。自居守河南尹④，以及百司之执事，与吾辈二县之大夫，政有所不通，事有所可疑，奚所咨而处焉？士大夫之去位而巷处者，谁与嬉游？小子后生，于何考德而问业焉？缙绅之东西行过是都者⑤，无所礼于其庐。若是而称曰："大夫乌公一镇河阳，而东都处士之庐无人焉。"岂不可也？

夫南面而听天下，其所托重而恃力者，惟相与将耳。相为天子得人于朝廷，将为天子得文武士于幕下，求内外无治，不可得也。愈縻于兹⑥，不能自引去，资

注释 — ④居守：指东都留守。河南尹：河南府的长官。
⑤缙绅：原意是插笏（古代朝会时官宦所执的手板，上写奏文，以备遗忘）于带，旧时官宦的装束，后用为官宦的代称。⑥縻：束缚牵制。

二生以待老。今皆为有力者夺之，其何能无介然于怀邪⑦？生既至，拜公于军门，其为吾以前所称，为天下贺；以后所称，为吾致私怨于尽取也。留守相公首为四韵诗歌其事，愈因推其意而序之。

注释 — ⑦介然：介意，耿耿于怀。

译文 — 伯乐一经过冀北的原野，马群就消失了。冀北是天下产马最多的地方，伯乐虽然善于相马，怎么能让马群都消失了呢？有人解释说："我所说的'没有'，不是说没有马，而是说没有好马。伯乐善于相马，遇到好马，就会立即将它挑走，因此马群中没剩下好马。如果马群中没有好马，我即便说成没有马，也不算是虚言妄语吧。"

东都洛阳，本是士大夫的"冀北"。自负有才而隐居在山林中，不肯出来做官的，洛水的北岸有石生，洛水的南岸有温生。御史大夫乌公，以节度使的身份镇守河阳的第三个月，认为石生是个人才，就依照礼仪，把他招至自己幕下。没过几个月，又认为温生是个人才，于是以石生为媒介，按照礼仪，又把温生招至自己幕下，东都洛阳即便确实人才荟萃，但早上挑走一个，选拔出其中突出的；晚上挑走一个，又选拔出其中突出的。这样一来，从东都留守、河南府尹，到各个部门的官员，以及我们这些洛阳、河南二县的官员，碰到疑难政事，遇到棘手的事情，到哪儿去咨询请教从而妥善处理呢？辞官回乡的士大夫们和谁一起游玩呢？青年后辈们又到哪儿去考究德行、请教学业呢？东来西往路过这东都的官员，也无法登门拜访他们了。类似这种情况，人们称赞说："御史大夫乌公一镇守河阳，东都隐居之士的居所便没人居住了。"难道不行吗？

天子治理天下，他所能托付国家大事，并且依靠其出大力的人，只有宰相与大将而已。宰相为天子给朝廷搜罗人才，大将为天子给军队搜罗文人武士，若是这样，就算想让朝廷内外得不到治理，也是不可能的。我羁留在此地做官，不能自行引退，想要依赖石、温二人得以相守终老。如今他们都被有权势的人夺走了，我怎能不耿耿于怀呢？温生到任后，在辕门之前拜见乌公，就如我前面所说的那样，替天下人表示庆贺；就如我后面所说的那样，替我表达关于人才被挑尽的私人的不满。东都留守相公首先作了一首四韵诗来歌颂这件事，我就依照他的意思表达，写下这篇序文。

13

柳子厚墓志铭

本文是韩愈为故去好友柳宗元所写的墓志铭，讲述了柳宗元的家世、为人、政绩等，通过对柳宗元生平事迹的概述，赞扬了柳宗元的文章和道德，对柳宗元遭受排挤、穷困潦倒的经历给予了深切的同情，也对柳宗元的一生给予了高度的评价。

子厚讳宗元①。七世祖庆，为拓跋魏侍中，封济阴公。曾伯祖奭，为唐宰相，与褚遂良、韩瑗俱得罪武后，死高宗朝。皇考讳镇，以事母弃太常博士，求为县令江南。其后以不能媚权贵，失御史。权贵人死，乃复拜侍御史。号为刚直，所与游，皆当世名人。

子厚少精敏，无不通达。逮其父时，虽少年已自成人，能取进士第，崭然见头角，众谓柳氏有子矣。其后以博学宏词，授集贤殿正字②。俊杰廉悍，议论证据今古，出入经史百子，踔厉风发③，率常屈其座人，名声

注释 — ①讳：避讳。古人在死者名字前面加"讳"字表示尊敬。②集贤殿正字：官名，负责整理、校正书籍。③踔（chuō）厉风发：精神奋发，议论纵横。

大振，一时皆慕与之交。诸公要人争欲令出我门下，交口荐誉之。

贞元十九年，由蓝田尉拜监察御史④。顺宗即位，拜礼部员外郎。遇用事者得罪，例出为刺史。未至，又例贬州司马。居闲益自刻苦，务记览，为词章泛滥停蓄，为深博无涯涘⑤，而自肆于山水间。

元和中，尝例召至京师，又偕出为刺史，而子厚得柳州。既至，叹曰："是岂不足为政邪？"因其土俗，为设教禁⑥，州人顺赖。其俗以男女质钱，约不时赎，

注释 — ④蓝田尉：蓝田县的县尉，掌管缉捕盗贼等事。监察御史：官名，掌管监察百官，巡检州县的刑狱、军戎、礼仪等事。⑤涯涘（sì）：水边。⑥教禁：教化和禁令。

子本相侔⑦，则没为奴婢。子厚与设方计，悉令赎归。其尤贫力不能者，令书其佣⑧，足相当，则使归其质。观察使下其法于他州⑨，比一岁，免而归者且千人。衡湘以南为进士者，皆以子厚为师。其经承子厚口讲指画为文词者，悉有法度可观。

其召至京师而复为刺史也，中山刘梦得禹锡亦在遣中，当诣播州⑩。子厚泣曰："播州非人所居，而梦得亲在堂，吾不忍梦得之穷，无辞以白其大人，且万无母子俱往理。"请于朝，将拜疏，愿以柳易播，虽重

注释 — ⑦相侔（móu）：相等。⑧佣：这里指按劳动算报酬。⑨观察使：唐代中央派往地方考察州县官吏政绩的官员。⑩播州：地名，在今贵州遵义。

得罪，死不恨。遇有以梦得事白上者，梦得于是改刺连州⑪。呜呼，士穷乃见节义。今夫平居里巷相慕悦，酒食游戏相征逐⑫，诩诩强笑语以相取下⑬，握手出肺肝相示，指天日涕泣，誓生死不相背负，真若可信。一旦临小利害，仅如毛发比，反眼若不相识；落陷阱，不一引手救，反挤之又下石焉者，皆是也。此宜禽兽夷狄所不忍为，而其人自视以为得计，闻子厚之风，亦可以少愧矣。

子厚前时少年，勇于为人，不自贵重顾藉，谓功业可立就，故坐废退。既退，又无相知有气力得位者推

注释 — ⑪连州：地名，在今广东连州市。⑫征逐：朋友相互邀请过从宴饮。⑬诩诩：讨好人的样子。

挽，故卒死于穷裔⑭。材不为世用，道不行于时也。使子厚在台省时⑮，自持其身，已能如司马、刺史时，亦自不斥。斥时有人力能举之，且必复用不穷。然子厚斥不久，穷不极，虽有出于人，其文学辞章，必不能自力以致必传于后如今，无疑也。虽使子厚得所愿，为将相于一时，以彼易此，孰得孰失，必有能辨之者。

子厚以元和十四年十一月八日卒，年四十七。以十五年七月十日，归葬万年先人墓侧。子厚有子男二人：长曰周六，始四岁；季曰周七，子厚卒乃生。女子二人，皆幼。其得归葬也，费皆出观察使河东裴君

注释 一 ⑭穷裔：穷困的边远地方。⑮台省：御史台和尚书省。

行立。行立有节概，重然诺^⑯，与子厚结交，子厚亦为之尽，竟赖其力。葬子厚于万年之墓者，舅弟卢遵^⑰。遵，涿人，性谨慎，学问不厌。自子厚之斥，遵从而家焉，逮其死不去。既往葬子厚，又将经纪其家，庶几有始终者^⑱。

铭曰：是惟子厚之室^⑲，既固既安，以利其嗣人。

注释 — ⑯重然诺：讲信用。⑰舅弟：舅父的儿子。⑱庶几：或许，也许。⑲室：指墓穴。

译文—子厚，名宗元。他的七世祖柳庆是北魏的侍中，受封济阴公。曾伯祖柳奭曾出任我唐朝宰相，与褚遂良、韩瑗都得罪了武后，在高宗时期被处死。父亲柳镇，为了侍奉母亲，放弃了太常博士的职位，请求到江南去做县令。后来因为不能讨好权贵人物，丢掉了御史的官职。那个权贵人物死后，才重新被任命为侍御史。他以刚正耿直著称，与他交往的人，都是当时的名士。

子厚小时候就聪敏非常，通晓百事。他父亲还在世时，子厚虽然年轻，却已自立成人，能够考中进士，崭露头角，众人都说柳家有个成器的儿子。后来他又通过了博学宏词科的考试，被任命为集贤殿正字。他才能出众，正直勇敢，发表议论时旁征博引今古事例，融会贯通各种经传史籍和诸子百家的著作，他意气风发，经常使在座的人为之折服，声名大振，一时间，人们都向往与他交往。达官贵人们争着想要把他收作自己的门生，并且一致推荐称赞他。

贞元十九年，他由蓝田县尉晋升为监察御史。顺宗即位后，任命他为礼部员外郎。这时遇上了与他关系密切的当权者获罪，他也受到牵连，按例被遣出朝廷做刺史。还未到任，又按例再被贬为州司马。他闲居散职却越发刻苦用功，专心记诵，博览群书，他写的诗词文章文笔广博深沉，精深博大有如江海之无边无际，同时，尽情地自我消遣于山水之间。

元和年间，朝廷曾按例将他召回京城，又将他和别人一道外放出京去做刺史，子厚被分派到柳州。到任之后，他感叹说："这里难道就不值得做出一番政绩吗？"于是根据当地的风俗，推行教化，制定禁令，柳州百姓顺从、信赖他。当地有向人借钱时以儿女作为抵押的陋习，假如不能按照约定的期限将人赎回，等到应付的利钱与本钱相等时，就将人质没收为奴婢。子厚为欠债之人想尽千方百计，让他们全都能将子女赎回。其中有实在贫穷至极，无力赎回的，就让债主把被质押的人每天的工钱记录下来，等到工钱足以抵销借款的本利时，便要债主归还人质。观察使把这个办法颁行到其他的州，一年后，免除了奴婢身份而归家的有近千人之多。衡山和湘水以南考进士的人，都把子厚当老师。那些经过子厚亲自指点的人所写的文章，都可以看出很好的写作规范。

当子厚被召回京城而又外派为刺史的时候，中山人刘梦得也在外放之列，应当前往播州。子厚流着眼泪说："播州不是适合人居住的地方，而梦得家里还有老母，我不忍心看到梦得的困窘，他也无法对母亲说这件事，况且也绝没有让母子同赴播州的道理。"于是他向朝廷请求，打算上书皇帝，愿以柳州换播州，哪怕因此再度获罪，也死而无憾。正好遇到有人将梦得的事禀报了皇帝，梦得因此改做连州刺史。唉！士人在困窘时才最能表现出节义。当今的人们平日里同居于街巷之中，互相敬慕要好，竞相设宴邀客，一起游戏娱乐，强作笑颜以示谦卑友好，握手倾诉以表明要肝胆相照，指着苍天太阳痛哭流涕，发誓要生死与共，不相背离，真切得好像可以信以为真一样。如果有一天遇到小小的利害冲突，仅仅像头发丝般细小，便翻脸不认人；对方落入陷阱，不伸一下手援救，反而乘机排挤，往下丢石头，这样的人到处都是。这应该是连禽兽和野蛮人都不忍心干的，而那些人却自以为自己的算计很是成功。他们听到子厚的为人风度，也应该稍稍知道羞愧了吧。

子厚以前年轻时，为人不顾一切，不懂得保重和顾惜自己，以为可以很快地成就功名事业，因此遭到牵连而被贬黜。被贬以后，又没有了解自己并且有能力、正得其位的权贵推荐提携，所以最终死在穷乡僻壤，才能不为当世所用，主张也未能在当时施行。如果子厚在御史台、尚书省做官时，能够谨慎约束自己的言行，已经像后来做司马、刺史时候一样，也就不会遭受贬斥了。假使遭受贬斥之后，有人能够极力保举他，也一定会重新得到起用而不致陷入穷困的境地。然而，如果子厚被贬斥的时间不长，穷困没有到达极点，即便他能在事业上出人头地，但他的文学辞章一定不会这样下功夫，以至于像今天这样传诵于后世，这一点是确定无疑的。即便让子厚满足个人心愿，在一个时期内出将入相，但用那个交换这个，哪个是得，哪个是失，人们是能明辨的。

子厚于元和十四年十一月八日去世，享年四十七岁。他的灵柩于元和十五年七月十日迁回万年县祖坟安葬。子厚有两个儿子，长子名叫周六，刚刚四岁；次子名叫周七，子厚死后才出生。还有两个女儿，都还幼小。子厚能归葬于祖坟，费用都是观察使河东人裴行立先生出的。行立先生为人有节操气概，讲求信守诺言，和子厚交情很深，子厚对他也是尽心尽力，最后全靠他出力料理后事。把子厚安葬在万年县祖坟的，是他的舅舅家的表弟卢遵。卢遵是涿州人，生性谨慎，做起学问来孜孜不倦。自从子厚被贬斥以来，卢遵就一直跟他住在一起，直到他去世，从没有离开过。送子厚归葬以后，又准备安排料理子厚的家事，可以说是一位有始有终的人了。

铭文：这里是子厚安息的地方，既稳固又安宁，但愿一切有利于他的后代。

14

释秘演诗集序

欧阳修

秘演和尚是欧阳修的好友，善于写诗，本文是欧阳修为他的诗集作的序。文中叙述了秘演和尚的生平，赞美他不合世俗、崇尚气节，是一个有能力却不得施展的奇男子，表达了作者对友人的真挚感情，也寄寓了作者对人才被埋没的慨叹。

予少以进士游京师，因得尽交当世之贤豪。然犹以谓国家臣一四海，休兵革，养息天下以无事者四十年，而智谋雄伟非常之士，无所用其能者，往往伏而不出。山林屠贩，必有老死而世莫见者，欲从而求之不可得。

其后得吾亡友石曼卿^①。曼卿为人，廓然有大志。时人不能用其材，曼卿亦不屈以求合。无所放其意，则往往从布衣野老，酣嬉淋漓，颠倒而不厌。予疑所谓伏而不见者，庶几狎而得之^②，故尝喜从曼卿游，欲因以阴求天下奇士。

浮屠秘演者^③，与曼卿交最久，亦能遗外世俗，以

注释 — ①石曼卿：石延年，今河南商丘人。②狎：亲近，接近。③浮屠：这里指和尚。

流年急景，守一份深情

气节自高。二人欢然无所间。曼卿隐于酒，秘演隐于浮屠，皆奇男子也。然喜为歌诗以自娱。当其极饮大醉，歌吟笑呼，以适天下之乐，何其壮也！一时贤士，皆愿从其游，予亦时至其室。十年之间，秘演北渡河，东之济、郓④，无所合，困而归。曼卿已死，秘演亦老病。嗟夫！二人者，予乃见其盛衰，则予亦将老矣！

夫曼卿诗辞清绝，尤称秘演之作，以为雅健有诗人之意。秘演状貌雄杰，其胸中浩然。既习于佛，无所用，独其诗可行于世，而懒不自惜。已老，胠其橐⑤，尚得三四百篇，皆可喜者。

注释 — ④济：济州，在今山东巨野。郓（yùn）：郓州，在今山东东平。⑤胠（qū）：打开。橐（tuó）：囊，口袋。

曼卿死，秘演漠然无所向。闻东南多山水，其巅崖崛嵂⑥，江涛汹涌，甚可壮也，遂欲往游焉。足以知其老而志在也。于其将行，为叙其诗，因道其盛时以悲其衰。

注释 — ⑥崛嵂（lù）：陡峭。

译文 — 我年轻时因为考中进士，游历了京城，因而有机会遍交当世的贤者豪杰。然而，我还认为朝廷统御四海，停止战事，百姓休养生息以至天下太平了四十年，而那些有智慧、懂谋略、雄奇伟岸、非同一般的人士，没有机会施展才能的，往往蛰伏而不出仕。在那些隐居山林、从事屠宰贩运的人中间，必定有至死都没能被发现的出众之士。我想拜访结识他们，却没能找到。

后来认识了我那已故的朋友石曼卿。曼卿的为人，胸怀开阔而志向远大。当时的人没能任用曼卿的才能，曼卿也不肯委屈自己而去迎合他们。他无处抒发自己的心意，就往往与平民百姓、村野老人相处在一起，他们尽情嬉戏，醉得歪歪斜斜也不感到厌倦。我怀疑所谓蛰伏而不被发现的人，或许可以在与这些人亲密的交往中得到，所以我曾喜欢跟着曼卿一起游历，想通过他来暗访天下奇士。

和尚秘演和曼卿交往最久，他也能超越尘俗，并且自认气节高出常人。他们两个人相处愉快、亲密无间。曼卿隐伏于酒，而秘演隐伏于寺庙，都是奇男子。然而他们都喜欢作诗来自我娱乐。当他们狂饮至大醉时，译文—又唱又吟，欢笑狂呼，极尽天下的欢乐，这是多么豪迈啊！当时的贤士都愿意与他们交游，我也常常到他们的住处去。十年之间，秘演北渡黄河，东到济州、郓州，怀才不遇，潦倒归来。曼卿已去世，秘演也是年老多病。唉！这两个人，我竟然看着他们从壮年直到老去，而我自己也将衰老了吧。

曼卿的诗和辞赋清妙绝伦，可他更赞誉秘演的作品，认为写得优雅刚健，有诗人的意趣。秘演的气质相貌雄伟杰出，胸怀浩然正气。不过既已皈依佛门，也就没有可用之处了，只有他的诗歌能够流传于世，可是他生性懒散，对自己的作品不爱惜。现在他已经老了，打开他的箱子，还能找到三四百首诗作，都是值得玩味的好作品。

曼卿死后，秘演寂寞茫然，没有所去之处。听说东南有很多名山大川，山的高崖高峻陡峭，江水波涛汹涌，极为壮观，于是他很想去游玩。由此足以看出他虽然年老但志向还在。在他将要启程之时，我为他的诗集写下此序，用来追忆他壮年时的情景，也悲叹他如今的衰老。

流年急景，守一份深情

15

梅圣俞诗集序

欧阳修

诗人梅尧臣一生穷困，怀才不遇，未能施展自己的抱负。欧阳修与梅尧臣是至交好友，梅尧臣死后，欧阳修为他的诗集作了这篇序，以示纪念。此文写梅尧臣人穷而诗工，将议论、叙事、抒情揉合在一起，表达了作者对好友的仰慕和惋惜之情。

予闻世谓诗人少达而多穷①，夫岂然哉？盖世所传诗者，多出于古穷人之辞也。凡士之蕴其所有，而不得施于世者，多喜自放于山巅水涯之外，见虫鱼草木、风云鸟兽之状类，往往探其奇怪。内有忧思感愤之郁积，其兴于怨刺，以道羁臣寡妇之所叹②，而写人情之难言，盖愈穷则愈工。然则非诗之能穷人，殆穷者而后工也。

予友梅圣俞，少以荫补为吏，累举进士，辄抑于

注释 — ①穷：困顿，不得志。②羁臣：羁旅之臣，指被贬谪异乡的官员。

有司③，困于州县，凡十余年。年今五十，犹从辟书④，为人之佐，郁其所蓄，不得奋见于事业⑤。其家宛陵⑥，幼习于诗。自为童子，出语已惊其长老。既长，学乎六经仁义之说。其为文章，简古纯粹，不求苟说于世⑦，世之人徒知其诗而已。然时无贤愚，语诗者必求之圣俞。圣俞亦自以其不得志者，乐于诗而发之。故其平生所作，于诗尤多。世既知之矣，而未有荐于上者。昔王文康公尝见而叹曰⑧："二百年无此作矣！"虽知

注释 —③辄：总是。④辟书：聘书。⑤奋见：发挥出来。⑥宛陵：地名，在今安徽宣城。⑦说：通"悦"，取悦。⑧王文康公：即王曙，宋仁宗时宰相。

之深，亦不果荐也。若使其幸得用于朝廷，作为《雅》《颂》以歌咏大宋之功德，荐之清庙[9]，而追商、周、鲁《颂》之作者，岂不伟欤？奈何使其老不得志而为穷者之诗，乃徒发于虫鱼物类、羁愁感叹之言？世徒喜其工，不知其穷之久而将老也。可不惜哉！

圣俞诗既多，不自收拾。其妻之兄子谢景初，惧其多而易失也，取其自洛阳至于吴兴以来所作，次为十卷。予尝嗜圣俞诗，而患不能尽得之，遽喜谢氏之能类

注释 — ⑨清庙：宗庙。

次也，辄序而藏之。

其后十五年，圣俞以疾卒于京师，余既哭而铭之，因索于其家，得其遗稿千余篇，并旧所藏，掇其尤者六百七十七篇⑩，为一十五卷。呜呼！吾于圣俞诗，论之详矣，故不复云。

庐陵欧阳修序。

注释 ⑩掇：选取。

译文—我听世人说，诗人显贵顺遂的居少，而困厄坎坷的为多，难道真是这样吗？大概世上所流传的诗歌，大都出自古代困厄之士。士人中大凡胸怀才能抱负，却不能施展于当世的，大多喜欢放任自己于山巅水边，看见虫鱼草木风云鸟兽等事物，往往探究它们的怪异之处。他们内心郁积着忧思愤慨，这些情感成为诗兴，寄托在怨恨讽刺当中，用来表达逐臣寡妇的哀叹，写出了人所难于诉说的情感，大概诗人越是困厄，越能写得精妙。如此说来，并非写诗使人困厄，大概是困厄让人写出好诗来。

我的朋友梅圣俞，年轻时凭借着祖先的荫庇做了官，屡次参加进士考试，总是不为主考官所赏识，在州县上困厄潦倒了十多年。今年他五十岁了，还要靠别人下聘书，去做别人的幕僚，他胸中怀藏的才能受到压抑，不能在事业上充分地展现出来。他家住宛陵，幼年时就学习写诗。从孩提时代，作的诗就已经让长辈们惊叹了。等到长大，学习了六经仁义的学问，他做的文章简约、古朴而纯正，不求苟且取悦于世人，因此世人只知道他会写诗罢了。然而当时的人们不论贤愚，谈论诗歌必然会向圣俞请教。圣俞也喜欢把自己不得志的心情通过诗歌抒发出来，因此他平生所写的东西，诗歌尤其多。世人虽然知道他善于写诗作赋，但从没人向朝廷举荐他。从前王文康公曾看到他的作品，慨叹说："二百年没有出现过这样的作品了！"虽然对他了解很深，也还是没有加以举荐。假使他有幸能得到朝廷的任用，写出《雅》《颂》那样的作品，来歌颂大宋的功业恩德，并献于宗庙之上，成为《商颂》《周颂》《鲁颂》等作品那样的作者，难道不是伟大的贡献吗？为什么让他到老也不能得志，只能写困厄者的诗歌，徒然地写些描述虫鱼物类，抒发羁旅、愁闷之情的作品呢？世人只喜欢他作诗的技巧，却不知道他困厄已久，而且将不久于人世。这怎能不让人觉得可惜呢？

圣俞的诗很多，自己却不加以整理。他妻兄的儿子谢景初，担心诗篇众多而容易散失，选取圣俞从洛阳到吴兴这段时间的作品，编为十卷。我曾经酷爱圣俞的诗作，担心不能全部得到，景初能为它分类排序，我顿时感到欣喜，就为之作序并且珍藏起来。

之后过了十五年，圣俞因病在京城去世，我痛哭着为他写了墓志铭，又向他家索求他的作品，得到他的遗稿一千多篇，连同以前所收藏的，选取其中特别好的共六百七十七篇，编成了十五卷。唉！我对圣俞的诗歌已经做过太多的评论了，因此就不再重复了。

庐陵欧阳修写了这篇序。

流年急景，守一份深情

16

送杨寘序

欧阳修

杨寘是欧阳修的好友，他虽有一身才华，却郁郁不得志，多次参加进士考试却没能考中，因蒙受恩荫才补了一个剑浦县尉的小官。杨身体孱弱，欧阳修担心他会适应不了剑浦的生活，便送他一把古琴，写下此文作为赠言。作者从多方面展开联想，把音乐中传达出来的抽象感情表现得非常具体，而这一切又表达出对友人深深的关心。

予尝有幽忧之疾，退而闲居，不能治也。既而学琴于友人孙道滋，受宫声数引①，久而乐之，不知其疾之在体也。

夫琴之为技小矣，及其至也，大者为宫，细者为羽，操弦骤作，忽然变之，急者凄然以促，缓者舒然以和，如崩崖裂石、高山出泉而风雨夜至也。如怨夫寡妇之叹息、雌雄雍雍之相鸣也②。其忧深思远，则舜与文

注释 — ①宫：五声之一。五声为宫、商、角、徵、羽。
②雍雍：和谐，和睦。

王、孔子之遗音也；悲愁感愤，则伯奇孤子、屈原忠臣之所叹也③。喜怒哀乐，动人必深，而纯古淡泊，与夫尧舜三代之言语、孔子之文章、《易》之忧患、《诗》之怨刺无以异④。其能听之以耳，应之以手，取其和者，道其湮郁，写其幽思⑤，则感人之际，亦有至者焉。

予友杨君，好学有文，累以进士举，不得志。及从荫调，为尉于剑浦⑥，区区在东南数千里外，是其心固

注释 — ③伯奇：周宣王大臣尹吉甫的儿子。④三代：指夏、商、周三代。怨刺：怨恨讽刺。⑤写：通"泻"，抒发。⑥剑浦：县名，在今福建南平一带。

有不平者。且少又多疾，而南方少医药，风俗饮食异宜。以多疾之体，有不平之心，居异宜之俗，其能郁郁以久乎？然欲平其心以养其疾，于琴亦将有得焉。故予作琴说以赠其行，且邀道滋酌酒，进琴以为别。

译文 — 我曾经患了忧郁的病症，退职闲居，也没能治好。后来向友人孙道滋学琴，学了几支乐曲，久而久之便爱上了抚琴，不觉得自己身上还有病。

琴艺不过是小技，但有了很高的造诣以后，声音洪亮的是宫声，声音尖细的是羽声，骤然拨动琴弦，忽而变化声调，声急的时候凄楚而紧促，声缓的时候舒展而柔和，像山崩石裂、高山上喷涌出泉水、深夜风雨大作，像怨夫寡妇的叹息、雌雄鸟儿的和谐相鸣。琴声中那忧伤深远的思绪，仿佛舜与周文王、孔子的遗音；悲伤、愁闷、感怀、愤慨，就像是孤儿伯奇、忠臣屈原的叹息。琴声中的喜怒哀乐，感人至深，琴意的纯粹、古雅和淡泊，与尧舜三代的言语、孔子的文章、《周易》中的忧患、《诗经》里的怨恨讽刺别无二致。如果能用耳去听，用手相应，采取那些平和的声调，疏解忧郁，散发幽思，那么，在感动人心这一方面，也极为深切。

我的朋友杨君，好学而有文才，屡次参加进士考试，都不得意。等到由于祖先的恩庇而得到补缺的机会，才做了剑浦的县尉。小小的剑浦位于东南数千里地之外，因此他的心中固然会感到不平。何况他又自幼多病，而南方缺医少药，风俗饮食也不能让他适应。以他多病的身体，怀着不平心情，又居住在风俗习惯无法适应的地方，能这样郁闷忧愁地长久支持下去吗？然而，要想让他的心情得到平静，要养好他的疾病，通过弹琴也许可以得到益处吧。因此，我写了这篇谈琴的文章来为他送行，还邀请孙道滋一同参加，喝杯酒，弹奏一回瑶琴作为道别。

17

欧阳修

祭石曼卿文

石曼卿是欧阳修的好友，精通诗文书法，可惜一生怀才不遇，四十八岁的时候就病死了。此文为欧阳修为石曼卿写的一篇悼文，却避免了一般祭文的呆板格式，没有概括死者生平，而是通过三呼曼卿，先称赞其声名不朽，再写其死后凄凉，渲染墓地的悲凉景象，表达出对死者强烈的哀悼之情。

维治平四年七月日①，具官欧阳修②，谨遣尚书都省令史李敭③，至于太清④，以清酌庶羞之奠⑤，致祭于亡友曼卿之墓下，而吊之以文。曰：

呜呼曼卿！生而为英，死而为灵。其同乎万物生死，而复归于无物者，暂聚之形；不与万物共尽，而卓然其不朽者，后世之名。此自古圣贤，莫不皆然。而著在简册者，昭如日星。

呜呼曼卿！吾不见子久矣，犹能仿佛子之平生。其轩昂磊落，突兀峥嵘，而埋藏于地下者，意其不化为朽壤，而为金玉之精。不然，生长松之千尺，产灵

注释 — ①治平：宋英宗年号。②具官：唐宋以来，公文函牍上应写明官爵品位的地方常简省作"具官"。③尚书都省：即尚书省。李敭（yì）：人名。④太清：地名，石曼卿的故乡。⑤庶羞：各色食品。奠：祭品。

芝而九茎。奈何荒烟野蔓，荆棘纵横，风凄露下，走磷飞萤⑥。但见牧童樵叟，歌吟而上下，与夫惊禽骇兽，悲鸣踯躅而咿嘤⑦。今固如此，更千秋而万岁兮，安知其不穴藏狐貉与鼯鼪⑧？此自古圣贤亦皆然兮，独不见夫累累乎旷野与荒城！

呜呼曼卿！盛衰之理，吾固知其如此。而感念畴昔⑨，悲凉凄怆，不觉临风而陨涕者，有愧乎太上之忘情⑩。尚飨！

注释 — ⑥走磷：闪动的磷火。⑦踯（zhí）躅（zhú）：徘徊。咿（yī）嘤：禽兽的鸣叫声。⑧鼯（wú）：鼯鼠。鼪（shēng）：鼬鼠，俗称黄鼠狼。⑨畴昔：过往，往昔。⑩太上：指圣人。

译文 — 治平四年七月某日，某官欧阳修，谨派尚书都省令史李敭前往太清，以清酒和丰盛的佳肴作为祭品，在亡友曼卿的墓前设祭，写下这篇祭文来吊祭：

唉！曼卿，你生前是英杰，死后也当作神灵。那同万物一样有生有死，又回归到虚无中的，只是暂时聚合在一起的人形；不与万物一同消散，并且卓然不朽的，是流传于后世的声名。自古以来，所有的圣贤都是如此。而被记载在史册中的名字，就如日月星辰般明亮。

唉！曼卿！我很久没见过你了，还能大约想起你在世时的样子。你气度轩昂、光明磊落、超群脱俗而现在埋葬在地下的身体，想必不会化为腐朽的泥土，而会化作金玉的精华。不然的话，也会长成青松，挺拔千尺，或者变成灵芝，一株九茎。奈何这里却到处荒烟野草，荆棘丛生，风声凄厉，寒露落下，磷火幽幽，飞萤乱舞。只见牧童樵夫往来歌唱，受惊的鸟兽徘徊而悲鸣。如今已是这样，千百年以后呢？又怎能知道你的墓穴里不会藏

流年急景，守一份深情

着狐貉与鼠类？自古以来，圣贤也都如此，难道没看到那一片连着一片的旷野荒坟吗！

唉！曼卿，事物盛衰的道理，我本来就是知道的，可一想起以往的岁月，就感到悲凉凄怆，禁不住临风洒泪，惭愧自己不能像圣人那样忘情。请享用祭品吧！

学贵得师，亦贵得友。

——唐甄

师·友

讳辩

18

韩愈欣赏李贺的才学，鼓励他参加进士考试。李贺的父亲名晋肃，因此李贺在准备参加进士考试时遭到非议（晋、进同音，犯讳）。韩愈遂写下这篇《讳辩》来进行反驳。韩愈引用《礼记》中的『二名律』和『嫌名律』对反对者的言语进行还击；又考证避讳的历史，从反面证明这种行为没有历史根据；最后斥责了反对之人，说他们的做法很像是『宦官宫妾』之举，讽刺了对方的荒谬。

愈与李贺书①，劝贺举进士。贺举进士有名，与贺争名者毁之，曰："贺父名晋肃，贺不举进士为是，劝之举者为非。"听者不察也，和而倡之，同然一辞。皇甫湜曰②："若不明白，子与贺且得罪。"愈曰："然。"

律曰："二名不偏讳。"释之者曰："谓若言'徵'不称'在'③，言'在'不称'徵'是也。"律曰："不讳嫌名④。"释之者曰："谓若'禹'与'雨'，'邱'与'蕅'之类是也。"今贺父名晋肃，贺举进士，为犯二名律乎？为犯嫌名律乎？父名晋肃，子不得举进士；若父名"仁"，子不得为人乎？

注释 ①李贺：字长吉，唐代著名诗人。②皇甫湜（shí）：字持正，唐代文学家，曾跟从韩愈学习古文。③徵、在：孔子的母亲名叫"徵在"。④嫌名：指与人姓名字音相近的字。

夫讳始于何时？作法制以教天下者，非周公、孔子欤？周公作诗不讳，孔子不偏讳二名，《春秋》不讥不讳嫌名。康王钊之孙，实为昭王。曾参之父名晳，曾子不讳"昔"。周之时有骐期，汉之时有杜度，此其子宜如何讳？将讳其嫌，遂讳其姓乎？将不讳其嫌者乎？汉讳武帝名"彻"为"通"，不闻又讳车辙之"辙"为某字也；讳吕后名"雉"为"野鸡"，不闻又讳治天下之"治"为某字也。今上章及诏，不闻讳"浒""势""秉""机"也。惟宦者宫妾，乃不敢言"谕"及"机"，以为触犯。士君子立言行事⑤，宜何所

注释 — ⑤士君子：有志向和学问的人。

法守也？今考之于经，质之于律，稽之以国家之典，贺举进士为可邪？为不可邪？

凡事父母，得如曾参，可以无讥矣。作人得如周公、孔子，亦可以止矣。今世之士，不务行曾参、周公、孔子之行；而讳亲之名，则务胜于曾参、周公、孔子，亦见其惑也。夫周公、孔子、曾参，卒不可胜⑥。胜周公、孔子、曾参，乃比于宦官宫妾。则是宦官宫妾之孝于其亲，贤于周公、孔子、曾参者邪？

注释 — ⑥卒：最终。

.... 流年急景，守一份深情

译文 — 我写信给李贺，勉励他去考取进士。李贺被推荐参加进士考试有了名声，与他争名的出来诋毁他，说："李贺的父亲名叫晋肃，李贺还是不要参加进士考试为好，勉励他去考试的人是不对的。"听到议论的人们不加以考察，便都随声附和，众口一声。皇甫湜对我说："如果不把这事说清楚，你和李贺都会因此获罪的。"我说："确实是。"

礼法规定说："名字的两个字不必偏举其中一个字避讳。"解释的人说："就像孔子说'徵'就不说'在'，说'在'就不说'徵'。"礼法规定说："不避讳与人名声音相近的字。"解释的人说："就像说'禹'和'雨'、'丘'和'蓲'一类的字。"如今李贺的父亲名晋肃，李贺参加进士科考试，是违反了名字的两个字不必都避讳的礼法呢，还是犯了名字声音相近的不避讳的礼法？父亲名叫晋肃，儿子就不能参加进士科考试；如果父亲名"仁"，儿子就不得做人了吗？

避讳是从什么时候开始的？制定礼法制度来教化天下百姓的，不是周公、孔子吗? 周公作诗时不避讳, 孔子只避讳名字两个字中的一个, 《春秋》中对人名相近不避讳的事例, 也没有加以讥讽。周康王钊的孙子, 谥号是昭王。曾参的父亲名晳, 曾子不避讳"昔"字。周朝有叫骐期的, 汉朝有叫杜度的, 那他们的儿子应当如何避讳? 难道为了避父名的近音字, 就连他们的姓也避了吗? 还是不避讳与名同音的字呢? 汉朝因为避讳汉武帝的名, 改"彻"为"通", 也没听说因为避讳而把"车辙"的"辙"改成别的什么字; 又避讳吕后的名"雉", 将"雉"改为"野鸡", 没听说因为避讳而把治理天下的"治"改成别的什么字。现在上奏章和下诏书, 没有听说避讳"浒""势""秉""机"一类字的。只有宦官和宫女, 才不敢说"谕"字和"机"字, 把这当成是冒犯。士大夫说话办事, 应该依照什么法度呢? 现在我们考据经典, 在典律中核对验证, 李贺参加进士科考试, 是可以呢, 还是不可以呢?

大凡侍奉父母能做到像曾参那样的, 便无可指责。做人能像周公、孔子那样的, 就算是做到极致了。当今的士人, 不效法曾参、周公、孔子的行为;

而在避讳亲长的名字上，则力求要超过曾参、周公、孔子，也能看出这些人的糊涂。那周公、孔子、曾参，终究是无法超过的。如果在避讳上超过周公、孔子、曾参，那就是将自己与宦官、宫女相比了。那么宦官、宫女孝顺亲长父母，能胜于周公、孔子、曾参吗？

19

送杨少尹序

韩愈

杨少尹德高望重，深受时人称赞。退休时，韩愈为他写了一篇赠言以称颂。本文明白流畅，列举了汉代疏广、疏受的事例，衬托了杨少尹不贪慕荣华、功成身退的美德。

昔疏广、受二子①，以年老，一朝辞位而去。于时公卿设供张，祖道都门外②，车数百两③。道路观者，多叹息泣下，共言其贤。汉史既传其事，而后世工画者又图其迹，至今照人耳目，赫赫若前日事。

国子司业杨君巨源，方以能《诗》训后进，一旦以年满七十，亦白丞相去归其乡。世常说古今人不相及，今杨与二疏，其意岂异也？

予忝在公卿后④，遇病不能出。不知杨侯去时，城门外送者几人，车几两，马几匹，道边观者亦有叹息知其为贤与否？而太史氏又能张大其事，为传继二疏踪迹

注释 ①疏广、受：即疏广、疏受叔侄俩。②祖道：古代在道旁设宴饯行的一种仪式。③两：量词，计算车乘的单位，今作"辆"。④忝：有愧于。

否？不落莫否⑤？见今世无工画者，而画与不画，固不论也。然吾闻杨侯之去，丞相有爱而惜之者，白以为其都少尹，不绝其禄，又为歌诗以劝之。京师之长于诗者，亦属而和之⑥。又不知当时二疏之去，有是事否。古今人同不同，未可知也。

中世士大夫以官为家，罢则无所于归。杨侯始冠⑦，举于其乡，歌《鹿鸣》而来也⑧。今之归，指其树曰："某树吾先人之所种也，某水某丘，吾童子时所钓游也。"乡人莫不加敬，诫子孙以杨侯不去其乡为法。古之所谓乡先生，没而可祭于社者，其在斯人欤？其在斯人欤？

注释 一 ⑤落莫：冷落。莫通"寞"。⑥属：写文章。⑦冠：古代男子到二十岁时，行冠礼表示已经成年。⑧《鹿鸣》：出自《诗经·小雅》。唐代州、县考试完毕，地方长官要出面主持酒礼，歌《鹿鸣》之诗。

译文一 从前疏广、疏受两位先生，因为年纪大了，终于有一天辞去官职而离开。当时朝中的公卿大臣摆设宴席，在都门外为他们饯行，车驾有数百辆。道路上旁观的，有很多人为之感叹并流下了眼泪，一齐称赞他们的贤良。汉朝的史书已经记载了此事，而后世擅长绘画的人又画下了这个事迹，画卷至今光彩照人，耀眼得就好像是几天前的事情。

国子司业杨君巨源先生，正是精通《诗经》并以此教导学生的时候，一朝年满七十岁，也禀告丞相请求辞职还乡。世人常说今人不能与古人相比，如今杨先生与二疏相比，他们的志趣难道有什么不同吗？

我十分惭愧地追随在公卿大臣们之后，赶上生病，没能前去送行。不知杨先生离京的时候，在城门外送行的人有多少，车辆有多少，马匹有多少，路边观看的人是否也在叹息，是否知道他的贤良？当朝史官是否宣扬过这件事，是否能写成传记以做为承继二疏的事迹，而不至于让他受到冷落？当今世上没有什么擅长绘画的人，画与不画固然不用去评论了。然而，我听说杨先生辞官离京，丞相中有爱护惋惜杨先生的人，上表举荐他担任家乡的少尹，不中断他的俸禄，还作了诗劝勉他。京城中那些擅长写诗的人，也都作诗勉励他。也不知道当年二疏辞官离去的时候，是否也有过这样的事。古人与今人相同还是不同，就无法得知了。

中古时候的士大夫，以官府为家，一旦离职就无处可归。杨先生刚成年的时候，通过乡试中举，在《鹿鸣》的歌乐声中前来京城为官。如今归去，指着那些树木说："这树是我的先人种的，那条河、那个山丘，是我儿童时钓鱼玩耍的地方。"家乡的人没有不更加敬重他的，并且告诫子孙要以杨先生不忘怀故里的美德为榜样。古时候所说的"乡先生"，就是那种死后可以在社庙里享受祭祀的人，我想就是杨先生这样的人吧！就是杨先生这样的人吧！

20

送石处士序

韩愈

石洪曾做过黄州录事参军，后隐居洛阳十年，不再出仕。公元810年，河阳节度使乌重胤为了平定成德节度使王承宗的叛乱，征召石洪入他的幕府出谋划策，石洪欣然接受。此文就是韩愈为石洪此行写的送别之文。上段写乌公与从事讨论求贤之事，透出石洪其人。下段写石洪的应聘与众人的饯行。重点在一个『义』字上。

河阳军节度、御史大夫乌公①，为节度之三月，求士于从事之贤者。有荐石先生者。公曰："先生何如？"曰："先生居嵩、邙、瀍、穀之间②，冬一裘③，夏一葛；食朝夕，饭一盂，蔬一盘。人与之钱，则辞；请与出游，未尝以事免；劝之仕，不应。坐一室，左右图书。与之语道理，辨古今事当否，论人高下，事后当成败，若河决下流而东注；若驷马驾轻车就熟路，而王良、造父为之先后也④；若烛照数计而龟卜也⑤。"大夫曰："先生有以自老，无求于人，其肯为某来邪？"从事曰："大夫文武忠孝，求士为国，不私于家。方今

注释 ①河阳：地名，在今河南孟州市西。乌公：即乌重胤，字保君。②嵩：嵩山。邙（máng）：邙山。瀍（chán）：河南省北部的一条河，向东流入洛河。穀：水名，洛河的支流。③裘：皮衣服。④王良、造父：相传二人都是善于驾驭车马者。⑤数计：按数计算。

………………………………… 流年急景，守一份深情

寇聚于恒，师环其疆，农不耕收，财粟殚亡⑥。吾所处地，归输之涂⑦，治法征谋，宜有所出。先生仁且勇，若以义请而强委重焉，其何说之辞？"于是撰书词，具马币，卜日以受使者，求先生之庐而请焉。

先生不告于妻子，不谋于朋友，冠带出见客，拜受书礼于门内。宵则沐浴，戒行李，载书册，问道所由，告行于常所来往。晨则毕至，张上东门外⑧。酒三行，且起。有执爵而言者曰："大夫真能以义取人，先生真能以道自任，决去就。为先生别。"又酌而祝曰："凡去就出处何常？惟义之归。遂以为先生寿。"又酌而祝曰：

注释一⑥殚：尽。⑦归输：运输军用物资。归：通"馈"。涂：通"途"。⑧张（zhàng）：为宴会设置器具。

"使大夫恒无变其初，无务富其家而饥其师，无甘受佞人而外敬正士，无昧于谄言⑨，惟先生是听。以能有成功，保天子之宠命。"又祝曰："使先生无图利于大夫，而私便其身图。"先生起拜祝辞曰："敢不敬早夜以求从祝规？"于是东都之人士，咸知大夫与先生果能相与以有成也。遂各为歌诗六韵，遣愈为之序云。

注释 — ⑨昧：糊涂。

译文一 河阳军节度使、御史大夫乌公，担任节度使的第三个月，就向幕僚中贤能的人访求人才。有人推荐了石先生。乌公问道："石先生是什么样的人呢？"回答说："石先生住在嵩、邙两山与瀍、穀两水之间，冬天披一件皮裘，夏天穿一身葛衫，每天吃早晚两顿饭，都是粗饭一碗，蔬菜一盘。别人给他钱，他辞谢不收；邀请他一起出游，从没有借故推辞；劝他出来做官，他始终不肯答应。他常安坐在一间房子里，身边全是书籍。与他谈论道理，分析古今事情的是非得失，评论人物的高下短长，事情发生后是成是败，他的言论就像黄河决口而奔流向东；如同四匹马拉着轻车，走在熟悉的道路上，而且有王良、造父这样的驾车能手在前后驾驭；又像烛光高照一般明亮，像按数计算、龟甲占卜那样灵验准确。"乌大夫说："石先生有志隐居终老，无求于人，他肯来为我效力吗？"幕僚说："大夫文武双全，忠正仁孝，访求贤士是为了国家，而非为了自己家的私利。当今叛匪正聚集在恒州，军队环围在恒州的疆界，农民不能正常耕种收获，钱财粮食消耗殆尽。我们所处的地方是输送粮食财物的要道，治理之法、征讨之略，应该有人来统筹谋划。石先生宅心仁厚而颇有胆识，若以大义相请并且强委重任给他，他还有什么可推托的呢？"于是撰写好书信，准备了马匹、财物，选择吉日交付给使者，让他们寻访石先生的住处以请他出山。

石先生得知此事后，没有告诉妻子儿女，没有同朋友商议，便穿戴整齐出来见客，在屋里恭敬地接受了书信和礼物，当夜就沐浴更衣，收拾行李，装载书籍，打听好前往的道路所经过的地方，向常有往来的朋友告别。第二天清晨，朋友们都到了，在东门外为他饯行。酒过三巡，石先生正待起身赶路，有人端着酒杯致辞说："乌大夫真能以道义取人，先生也真能以道义自任，决定进退。这杯酒为先生送别。"又斟了一杯酒，祝愿说，"大凡出仕或者隐退，有什么一成不变的标准呢？全由道义决定吧。就以这杯酒祝先生长寿。"又斟了一杯酒祝愿说，"但愿乌大夫永远不改变他的初衷，不要只顾自家富足而让士兵挨饿，不要喜欢奸佞之人而只在表面上敬重正直的人，不要被谗言所蒙蔽，而要专一听从先生的意见。这样才能获得成功，保住天子恩赐的任命。"又祝愿说，"希望先生不要向乌大夫图谋私利，利用便利来满足私欲。"石先生起身拜谢这些祝词，说："我怎敢不日日夜夜遵从你们的祝愿和规劝？"于是，东都的人士都知道乌大夫与石先生一定能相互协作而有所成就。于是每人都作了一首十二句的诗，叫我为它们作序。

寄欧阳舍人书

21

宋仁宗庆历六年（1046），欧阳修为曾巩已经逝世的祖父写了一篇墓志铭。曾巩为表示自己的感激之情，写下这篇文章，作为感谢信寄给了欧阳修。此文先说写信的缘由及自己此时的心情，然后比较史传和墓志铭的异同，旨在感谢欧阳修对曾巩祖父的夸耀，以及表达对欧阳修道德和文章的推崇。

去秋人还，蒙赐书及所撰先大父墓碑铭[①]，反复观诵，感与惭并。

夫铭志之著于世，义近于史，而亦有与史异者。盖史之于善恶无所不书，而铭者，盖古之人有功德、材行、志义之美者，惧后世之不知，则必铭而见之，或纳于庙，或存于墓，一也。苟其人之恶，则于铭乎何有？此其所以与史异也。

其辞之作，所以使死者无有所憾，生者得致其严。而善人喜于见传，则勇于自立；恶人无有所纪，则以愧

注释 — ①先大父：曾巩已经去世的祖父曾致尧。

而惧。至于通材达识，义烈节士，嘉言善状，皆见于篇，则足为后法。警劝之道，非近乎史，其将安近？

及世之衰，为人之子孙者，一欲襄扬其亲而不本乎理②。故虽恶人，皆务勒铭以夸后世③。立言者，既莫之拒而不为，又以其子孙之请也，书其恶焉，则人情之所不得，于是乎铭始不实。后之作铭者，常观其人。苟托之非人，则书之非公与是，则不足以行世而传后。故千百年来，公卿大夫至于里巷之士莫不有铭，而传者盖少。其故非他，托之非人，书之非公与是故也。

注释 — ②不本乎理：不依据事实。③务：致力于。

然则孰为其人而能尽公与是欤？非畜道德而能文章者无以为也④。盖有道德者之于恶人则不受而铭之，于众人则能辨焉。而人之行，有情善而迹非，有意奸而外淑⑤，有善恶相悬而不可以实指，有实大于名，有名侈于实。犹之用人，非畜道德者，恶能辨之不惑，议之不徇？不惑不徇，则公且是矣。而其辞之不工，则世犹不传，于是又在其文章兼胜焉。故曰非畜道德而能文章者无以为也，岂非然哉？

然畜道德而能文章者，虽或并世而有，亦或数十年

注释 — ④畜：通"蓄"。⑤淑：贤善。

或一二百年而有之。其传之难如此，其遇之难又如此。若先生之道德文章，固所谓数百年而有者也。先祖之言行卓卓，幸遇而得铭，其公与是，其传世行后无疑也。而世之学者，每观传记所书古人之事，至于所可感，则往往慨然不知涕之流落也⑥，况其子孙也哉？况巩也哉？其追晞祖德而思所以传之之繇⑦，则知先生推一赐于巩而及其三世⑧。其感与报，宜若何而图之？

抑又思，若巩之浅薄滞拙，而先生进之；先祖之屯蹶否塞以死⑨，而先生显之。则世之魁闳豪杰不世出之

注释 — ⑥慨（xì）然：悲伤痛苦的样子。⑦晞（xī）：仰慕。繇：同"由"。⑧推一赐：给予一次恩惠。三世：指祖、父、自己三代。⑨屯蹶（jué）否塞：不得志，不顺利。屯：艰难。蹶：跌倒。

士⑩，其谁不愿进于门？潜遁幽抑之士⑪，其谁不有望于世？善谁不为，而恶谁不愧以惧？为人之父祖者，孰不欲教其子孙？为人之子孙者，孰不欲宠荣其父祖？此数美者，一归于先生。

既拜赐之辱，且敢进其所以然。所谕世族之次，敢不承教而加详焉？愧甚，不宣。

译文 去年秋天，我派去的人回来，承蒙您赐给书信并为先祖父撰写了墓碑铭文，我反复地观看诵读，感动与惭愧之情一并生出。

墓志铭之所以能够著称后世，是因为它的意义与史传相近，但也有与史传不同的地方。大概是史传对于善恶之事无不记录，而墓志铭，大概是古人中那些有功德、才能、操行、志向和气节的人，怕不为后世所知，于是一定要作铭文来彰明，有的将墓志铭供奉在庙堂之中，有的将它存于坟墓之内，其用意相同的。如果是一个恶人，又有什么值得铭记的呢？这就是墓志铭与史传的区别。

墓志铭的撰写，是为了让死者没有遗憾，让生者得以表达他们的敬意。而行善之人乐于自己的事被流传，就积极建立功业；恶人没有什么可以载入铭文的，因此就会感到惭愧和惧怕。至于那些无所不通、见识广博的忠贞英烈之士，他们美好的言谈和光辉的事迹都会在墓志铭中有所显现，足以为后人所效法。警醒劝诫的作用，不与史书相近，又与什么相近呢？

到了世道衰微的时候，为人子孙的只想着颂扬自己的亲人，而不遵循原则。所以即便是坏人，也都力求刻下铭文向后世夸耀。撰写铭文的人既不能拒绝，又因为受了恶人子孙的委托，如果写出他的恶行，人情上过意不去，于是这墓志铭就开始有了不实的言辞。后代想给死者作铭文的人，常常事先考察一下作者的为人。如果托付给一个不适当的人，那么写出的铭文就会丧失公正，有违事实，就不能流行于当代并传于后世。所以千百年来，从公卿大夫到街巷之士，都有墓志铭，可流传于世的却很少。原因并非别的，正是因为他们托付给了不适当的人，撰写得不公正、不符合事实。

然而，有谁能做到彻底的公正和符合事实呢？不是道德修养很高并且文章出众的人是不能做到的。因为道德高尚的人是不会接受恶人的委托而为其撰写铭文的；对于一般的人，他也能明辨善恶。而人们一生的行为，有性情善良而事迹不好的，有内心奸邪却貌似贤淑的，有善恶差别很大却不能指明的，有实际的功绩要大过名声的，有名过其实的。这就好像用人，不是道德修养很高的人，怎能明辨善恶而不被迷惑，公正评论而不徇私情呢？不被迷惑而能不徇私情，就能做到公正而且符合事实了。但如果他的文辞不精妙，那么铭文还是不会流传于后世，因此又要求在文章上胜人一筹。所以说，除非是道德修养很高而且文章出众的人，否则是难于做到的。难道不是这样吗？

但是道德高尚而又善作文章的人，虽然有时会同时出现，也有可能数十年或一二百年才出现一个。铭文的传世的困难到了这种程度，而遇到真正会写铭文的人的困难又到了这种程度。像先生这样的道德和文笔，固然可以说是数百年才会出现一个。我的先祖言行高尚，他有幸遇到您得以被铭文记载，其中的公正和事实，无疑会流传于后世了。而世上的学者，每当看到传记上所记述的古人的事迹，看到感人的地方，往往是悲伤得不知不觉落下眼泪，何况那些古人的子孙呢？何况我呢？我追念仰慕先祖的德行，并且思考铭文能够流传于后世的原因，然后明白先生赐给我碑铭这一件事恩泽将惠及我家祖孙三代。我的感激与报答之情，应当怎样来向您表示呢？

我又想到，像我这样学识浅薄、才能庸陋，而先生举荐我；先祖穷困潦倒而死，而先生颂扬他。那么世上的那些俊士豪杰、不常出现的人士，有谁不愿意投在先生门下呢？那些隐居避世、忧郁不得志的人士，有谁不会因此而对世道产生希望呢？好事谁不想做，而做恶事谁不感到羞愧和恐惧呢？作为父亲、祖父的，有谁不想教育自己的子孙？作为子孙的，有谁不想使自己的父亲、祖父荣耀显扬呢？这些好的影响，都要归功于先生。

我已经荣幸地蒙受了您的恩赐，又冒昧地说出了感激您的原因。您所论及的我的家族世系，怎敢不遵照您的教诲而详细地加以考究呢？惭愧万分，书不尽意。

22

赠黎安二生序

曾巩

蜀地的士子黎生补江陵司法参军，临行之际向曾巩言及家乡人笑自己与安生二人迂阔，请曾巩写几句话以消除乡人的误解。曾巩写下这篇文章来辩驳，并勉励黎、安二生坚持走自己的道路。

赵郡苏轼①，余之同年友也②。自蜀以书至京师遗余③，称蜀之士曰黎生、安生者。既而黎生携其文数十万言，安生携其文亦数千言，辱以顾余。读其文，诚闳壮隽伟④，善反复驰骋，穷尽事理。而其材力之放纵，若不可极者也。二生固可谓魁奇特起之士，而苏君固可谓善知人者也！

顷之⑤，黎生补江陵府司法参军⑥。将行，请余言以为赠。余曰："余之知生，既得之于心矣，乃将以言相求于外邪？"黎生曰："生与安生之学于斯文，里之

注释 — ①赵郡：地名，在今河北赵县。②同年：同年考中进士的人。③遗（wèi）：赠送。④隽（juàn）：隽永，意味深长，引人入胜。⑤顷之：不多久。⑥司法参军：地方上掌管刑法的小官。

人皆笑以为迂阔⑦。今求子之言，盖将解惑于里人。"余闻之，自顾而笑。

夫世之迂阔，孰有甚于余乎？知信乎古，而不知合乎世；知志乎道，而不知同乎俗。此余所以困于今而不自知也。世之迂阔，孰有甚于余乎？今生之迂，特以文不近俗，迂之小者耳，患为笑于里之人。若余之迂大矣，使生持吾言而归，且重得罪，庸讵止于笑乎⑧？然则若余之于生，将何言哉？谓余之迂为善，则其患若此；谓为不善，则有以合乎世，必违乎古，有以同乎俗，必离乎道矣。生其无急于解里人之惑，则于是焉，必能择而取之。

遂书以赠二生，并示苏君，以为何如也？

译文 — 赵郡的苏轼，是与我同年进士及第的好友。他从蜀地写信寄到京师给我，称赞蜀地的士人黎生和安生。不久，黎生带着他几十万字的文章，安生也带着他几千字的文章，屈尊来拜访我。读他们的文章，觉得确实气势壮阔宏大，风格雄伟，行文善于反复纵横，极尽事理。而他们才学的恣意挥洒，好像无法穷尽。这两个人真称得上是不同寻常的杰出人士，而苏君也的确算得上善于识人的人！

不久后，黎生补任江陵府司法参军。临行的时候，请我送他几句话作为赠别。我说："我对你的了解，已经放在心里了，还需要用言辞表达出来吗？"黎生说："我和安生对道德文章的学习，常常被乡里的人讥笑为迂阔。今天想求您的几句话，去解除乡里人的误解。"我听了，想想自己，不由得笑了。

世人的迂阔，还有比我更甚的吗？知道信服古人的言论，而不知道迎合世道；知道以圣贤之道作为自己的志向，而不知道合于流俗。这就是我困顿至今还不自知的原因啊。世人的迂阔，还有比我更甚的吗？如今黎生的迂阔，只是文章不合于流俗，这只是迂阔中的小迂罢了，然而还担心被乡里的人讥笑。像我这样的迂阔，就是大迂了。如果让黎生带了我的话回去，会得罪更多的乡里人，岂止是讥笑呢？但是现在我该对黎生说些什么呢？说我的迂阔是好的、对的，可是却要有这样的担忧；说我的迂阔是不好的、不对的，那么可以迎合世俗，但有必定悖于古法，合乎世俗，就一定偏离了圣贤之道。你们还是不要急于解除同乡邻里对你们的误解吧，那么在这一点上就一定能做出自己的选择。

我于是写了这些话赠给黎生和安生，并且转请苏君观看，你们认为如何呢？

同学一首别子固

23

这是王安石写给曾巩的一篇文章，文中还提及另一友人孙侔，后面附有《同学》诗一首。此文表现了作者与友人互相敬慕、信任，以期携手共进的情怀，勉励三人一起遵守中庸之道。也流露出对三人不能经常聚首的遗憾和感慨。

江之南有贤人焉，字子固^①，非今所谓贤人者，予慕而友之。淮之南有贤人焉，字正之^②，非今所谓贤人者，予慕而友之。

二贤人者，足未尝相过也，口未尝相语也，辞币未尝相接也^③。其师若友，岂尽同哉？予考其言行，其不相似者何其少也。曰：学圣人而已矣。学圣人，则其师若友必学圣人者。圣人之言行，岂有二哉？其相似也适然。

予在淮南，为正之道子固，正之不予疑也。还江南，为子固道正之，子固亦以为然。予又知所谓贤人

注释 —— ①子固：曾巩。②正之：孙侔，与王安石、曾巩交游，名倾一时。③辞：相互往来的书信文辞。币：礼物。

者，既相似又相信不疑也。

子固作《怀友》一首遗予，其大略欲相扳④，以至乎中庸而后已。正之盖亦尝云尔。

夫安驱徐行，辗中庸之庭而造于其室⑤，舍二贤人者而谁哉？予昔非敢自必其有至也，亦愿从事于左右焉尔，辅而进之，其可也。

噫！官有守，私有系⑥，会合不可以常也。作《同学》一首别子固，以相警且相慰云⑦。

注释一 ④大略：大体上。扳：通"攀"，援引。⑤辗（lìn）：车轮碾过。⑥系：牵累，束缚。⑦警：勉励。

译文 — 长江之南有一位贤人，字子固，不是现在一般所说的那种贤人，我仰慕他并且和他交上了朋友。淮河之南有一位贤人，字正之，不是现在一般所说的那种贤人，我仰慕他并且和他交上了朋友。

这两位贤人，不曾有过交往，不曾有过交谈，没有相互赠送过书信、礼物。他们的老师和朋友，怎能都一样呢？我考察他们的言行，他们之间的不同之处怎么会这么少！应该理解为：他们都在向圣人学习罢了。学习圣人，那么他们的老师和朋友就一定是学习圣人的人。圣人的言行会有两样吗？他们相似是理所当然的。

我在淮南，对正之说起子固的事情，正之对我说的话深信不疑。我回到江南，对子固说起正之的事情，子固也是认为正之就是我说的那个样子。于是我又知道被称为贤人的人，既言行相似，彼此间又是信任不疑的。

子固作了一篇《怀友》给我，其大意是希望互相帮助，要达到中庸的标准才肯罢休。正之也曾这样对我说过。

安稳地驱车缓慢前行，走到中庸的庭院里并进入它的室内，除了这两位贤人还有谁能做到这样呢？我以前不敢肯定我一定能到达中庸的境地，但也愿意跟从着他们两位，在他们的帮助下进步，也许能够到达吧。

唉！为官有职守，作为个人有琐事拖累，不能常常相聚。我作了《同学》一首辞别子固，用来互相劝诫，并且互相慰勉。

图书在版编目（CIP）数据

流年急景，守一份深情 /（唐）韩愈等著；吴嘉格编译. — 北京：北京联合出版公司，2018.12

ISBN 978-7-5596-2688-2

Ⅰ.①流… Ⅱ.①韩… ②吴… Ⅲ.①古典散文－散文集－中国 Ⅳ.①I262

中国版本图书馆CIP数据核字（2018）第230421号

流年急景，守一份深情

作　者：韩愈等		出版监制：辛海峰　陈　江	
编　译：吴嘉格		装帧设计：云中设计事务所	
责任编辑：肖　桓		内文排版：任尚洁	
特约编辑：杨　凡		责任印制：赵　明　赵　聪	
产品经理：于海娣			

北京联合出版公司出版

（北京市西城区德外大街83号楼9层　100088）

北京联合天畅文化传播公司发行

天津光之彩印刷有限公司印刷　新华书店经销

字数 57千字　710mm×1000mm　1/16　印张 11.25

2018年12月第1版　2018年12月第1次印刷

ISBN 978-7-5596-2688-2

定价：88.00元

未经许可，不得以任何方式复制或抄袭本书部分或全部内容

版权所有，侵权必究

如发现图书质量问题，可联系调换。

质量投诉电话：010-57933435/64243832

浮|世|雅|集
Selected Essays